air trop vif ; l'organe pulmonaire, étant chez elles d'une plus faible complexion, ne pourrait résister à l'influence d'un air trop pur, parce que la respiration serait trop active.

7°. Il existe une telle sympathie entre les fonctions du cerveau et celles de l'estomac, que lorsque la tête est trop fortement occupée, et que l'attention est trop longuement soutenue, les digestions deviennent pénibles ; le tube intestinal élabore imparfaitement, les sucs gastriques se vicient, et tout le système se dérange. Bien des gens ne peuvent faire impunément la moindre lecture après leur repas.

Malheur donc à celui qui, emporté par une passion, bien louable sans doute, veut devenir savant,

forces ne le
ité d'un céli-
La Bruyère.
ume ? Enfin
tion d'un
z jamais.
et ne vous
imagination
laissez pas
tions ; pré-
égayez leur
st pour eux
s ennemis,
en que cet
ort, après

ROBERT

DE FRANCE.

I.

ROBERT
DE FRANCE,

OU

L'EXCOMMUNICATION.

PAR Mme A. GOTTIS.

TOME PREMIER.

PARIS.

J.-G. DENTU, IMPRIMEUR-LIBRAIRE,
RUE DU COLOMBIER, N° 21;
et Palais-Royal, galeries de bois, n°s 265 et 266

1826.

À ma Mère.

Hommage de respect,
d'amour filial,
et d'éternels regrets.

ROBERT
DE FRANCE.

CHAPITRE PREMIER.

Hugues Capet (1), duc de France
et de Paris, venait de réaliser les
nobles projets de son illustre père,
Hugues-le-Grand : il venait d'assurer à sa famille, à sa postérité la
plus reculée, et le trône et l'amour

---

(1) Signifie *bonne tête*, capable d'enfan-
ter et d'exécuter les plus grandes entreprises et les plus hardis desseins. (*Histoire
de France.*)

1.

1

des Français. Son front superbe venait d'être ceint du diadême des rois ; mais son âme magnanime, en recevant ce haut titre de gloire, s'occupait d'avance d'assurer le bonheur du peuple qui l'avait jugé digne de sa confiance. Il s'imposait la loi d'abaisser l'orgueil et la puissance des grands feudataires de ce royaume : orgueil fatal, qui venait de précipiter du trône l'unique rejeton de l'auguste race de Charlemagne, Charles, duc de la Basse-Lorraine, oncle de Louis V, dernier roi de la tige du héros dont l'univers gardait encore le souvenir !

Charles avait mérité son triste sort ; Charles s'était aliéné l'esprit de la nation, en ayant eu la faiblesse et l'inertie de se rendre feudataire

de l'empire d'Allemagne : de tout
temps ce peuple généreux n'a point
oublié les offenses envers la patrie;
de tout temps il a voulu que ses
souverains, ses princes, connussent
l'étendue de leur dignité, et n'hu-
miliassent point l'honneur du dia-
dème, en courbant leurs têtes augustes sous une puissance quelle qu'elle
pût être. Aussi Hugues Capet, fils
de celui qui, sous les deux derniers
rois, avait sauvé l'État d'une perte
certaine, Hugues fut accueilli avec
transport par les Français, par ces
Français qui toujours admirent et
respectent la valeur, et qui élèvent
jusqu'au ciel les grandes qualités des
princes qui les gouvernent, des princes qui apprécient leur amour, leur
courage, et le noble désir qu'ils

éprouvent de l'emporter sur tous les peuples de l'univers.

Hugues sentait le besoin d'accoutumer la France à l'hérédité de sa race : aussi à peine quelques mois se furent-ils écoulés, qu'il songea à désigner son successeur. Robert, son fils aîné, fut celui qu'il choisit pour l'aider à porter le fardeau du diadême ; mais le nouveau monarque prit en même temps l'héroïque résolution que ses fils puînés n'auraient aucun droit au partage du royaume : voulant par cette sage loi que le pouvoir restât tout entier dans une seule et même main. Un apanage conforme à leur rang et à leur naissance leur fut annexé : depuis, cette prudente mesure s'est perpétuée de siècle en siècle ; elle a soustrait le

beau pays de France au démembre-
ment, aux passions et à la tyrannie
d'une foule de petits souverains;
elle a assuré sa prospérité, sa grandeur, sa juste prépondérance sur ses
ennemis; elle a fait d'elle la première des nations. Gloire éternelle
au génie tutélaire qui inspira cette
noble pensée à ce grand homme!
gloire à Hugues et à ses augustes
successeurs!

Mais ce n'était pas une tâche facile que celle qu'il s'était imposée.
Comment oser faire ployer l'orgueil
de ces insolens vassaux, habitués à
voir fléchir devant eux la majesté
royale? comment les amener à respecter celui qu'ils regardaient jadis
comme un de leurs égaux? Que
d'obstacles à vaincre, à surmonter!

Hugues les envisagea sans crainte : sa fermeté parvint à consolider sa puissance, et celle de ses illustres descendans. Le temps, qui détruit tout, n'étendit point ses ravages sur les rameaux de cet arbre antique ; il vit, il croît, il s'élève, et ses jeunes rejetons promettent à la France une longue suite de jours brillans et fortunés.

Cependant, pour balancer les efforts de Charles, qui venait de lever une armée considérable pour soutenir ses droits au trône de ses aïeux, droits envahis par le couronnement de Hugues de France ; Charles, aidé dans cette grande entreprise par les comtes Arnould de Flandre, Guillaume, duc d'Aquitaine, Herbert de Vermandois, et d'autres princes ;

Charles se croyait certain de réussir:
mais Hugues, pour triompher de ce
compétiteur formidable, crut convenable de se concilier la bienveillance des évêques et du clergé de
son royaume. Il répandit sur eux de
nombreuses richesses, et les accabla
d'honneurs, de dignités, de pré-
sens; il eut même la générosité
de faire nommer à l'archevêché de
Reims le jeune Arnould, fils naturel de Lothaire, et neveu du prince
qui lui disputait la couronne de
France. Pourquoi un tel excès de
magnanimité fut-il payé par la plus
noire ingratitude? Si Hugues eût pu
prévoir les malheurs qui devaient
accabler et le royaume et son fils,
il se serait amèrement repenti d'a-
voir suivi les mouvemens de son

grand cœur. Le nouveau souverain indiqua un Parlement dans la ville d'Orléans, au milieu de ses plus fidèles sujets : là, les évêques et les seigneurs furent invités à délibérer sur l'importante question de savoir s'il était nécessaire de permettre l'association du jeune Robert au partage du trône. Par ses largesses, Hugues sut gagner les prélats : par leur éloquence et par la force de leurs discours, ils engagèrent ceux qui avaient quelque répugnance à cet acte authentique qui assurait la couronne à une seule famille, ils les engagèrent donc à souscrire aux vœux du grand prince dont la France s'honorait.

Le monarque reçut cette marque de condescendance avec une joie

qu'il eut peine à cacher : son fils,
son fils chéri régnerait après lui !
son fils bien-aimé allait partager
avec lui et le trône et la couronne !
Ah ! qu'il lui sera doux d'apprendre à
ce noble Robert combien sont grands
les devoirs qu'impose le rang suprême ! qu'il sera orgueilleux de guider ce courage encore novice aux
combats et aux dangers ! si le Ciel
exauçait ses vœux ardens ! si les fils
de ce fils adoré, et même leurs ar-
rières-neveux pouvaient toujours re-
tenir et la puissance et l'amour de
ces valeureux Français, de ces Français auxquels sa famille doit et sa
gloire et sa renommée ! Ces pensées
occupent le monarque nuit et jour ;
et en associant Robert au plus sacré
des emplois, celui de veiller au bon-

heur de son peuple, d'écarter loin
de lui la misère et l'oppression, il
veut que ce jeune prince accom-
plisse un jour ce que les circonstances ne lui permettent que d'é-
baucher.

Voulant donner un grand éclat
au couronnement de son fils Robert, le monarque en remit l'auguste cérémonie à quelque temps.
Des officiers furent chargés de porter des missives aux princes amis
de l'auguste famille qui commençait une nouvelle race royale; d'autres allèrent convoquer les pairs du
royaume, les grands vassaux de la
couronne, les feudataires de l'empire, et les députés des villes soumises à l'obéissance du sceptre des
rois de France. Un mois s'écoula

dans les préparatifs de la cérémonie et des fêtes qui devaient avoir lieu dans cette grande solennité: Orléans vit arriver dans ses murs une multitude d'illustres personnages; de riches abbés, suivis de leurs hommes d'armes; des comtes souverains, des ducs héréditaires, de grands vassaux, traînant à leur suite leurs *sous-vassaux* : cette foule de *leudes* ou *fidèles*, de feudataires, composait une force qui souvent était redoutable aux monarques français (1).

---

(1) Sous Hugues Capet, la France contenait l'espace entre la mer de Gascogne, la Manche, le Rhin, la Suisse, les Alpes et la Méditerranée. Mais dans cette étendue, combien de seigneurs, qu'on appelait *grands vassaux*, vrais souverains, les-

Plusieurs souverains figuraient aussi dans cette noble assemblée : Conrad-le-Pacifique, roi des deux Bourgognes, la Transjurane (la Suisse); la Cisjurane (la Franche-Comté), et Adalbert, roi d'Italie. Venaient ensuite les comtes, les

---

quels ne reconnaissaient dans la royauté qu'un titre avoué par un simple hommage qui gênait peu leur indépendance !

Au nord, les comtes ou ducs de Flandre avaient à peu près sous leur domination ce qui a composé ensuite les Pays-Bas et la Hollande : dans la même partie, les comtes de Vermandois étaient maîtres de la Picardie et de la Champagne. Au levant étaient les ducs de Bourgogne et ceux de Lorraine, qui s'étendaient en Alsace, le long du Rhin. Au midi, les ducs de Gascogne et d'Aquitaine dominant dans l'Auvergne, la Guienne, le Poitou, la Saintonge; et

ducs. Enfin Hugues, soit curiosité, soit bienveillance, vit accourir tous ses parens, et les alliés de la France.

Au jour indiqué, toutes les rues d'Orléans furent jonchées de feuilles et d'herbes odoriférantes; les fleurs, symbole et de joie et d'allé-

---

au couchant, enfin, les ducs de Bretagne et de Normandie, tous s'avançant plus ou moins dans l'intérieur et vers le centre. De sorte qu'il ne restait proprement à Hugues Capet, en montant sur le trône, en pleine et entière souveraineté, que le duché de France, dont Paris était la capitale; l'Orléanais, des domaines assez étendus en Champagne et en Picardie, et quelques forteresses dans d'autres provinces, où les rois tâchaient toujours de prendre des positions, et d'où leurs grands vassaux les repoussaient sans cesse. (Anquetil, *Histoire de France.*)

gresse, n'embaumèrent point la
route royale, puisqu'on était alors
au plus fort de l'hiver. Le magnifique cortége se mit en marche, et
le ciel parut favoriser cet acte d'a-
mour paternel. Le soleil brillait
d'un éclat radieux, et semblait le
présage du bonheur réservé au jeune
prince qui allait partager les peines
et les plaisirs de la royauté. Hélas!
ce présage flatteur se réalisera-t-il?

L'illustre Capet paraissait le dernier : sa main puissante et victorieuse était appuyée sur l'épaule de
son bien-aimé Robert; la bonne
mine de cet hériter de sa puissance,
sa beauté, son air noble et majes-
tueux attiraient tous les cœurs, et
rendaient son auguste père orgueilleux de pouvoir montrer aux peu-

ples sur lesquels il régnait, ce fils,
son bonheur et sa joie.

Au milieu de la cathédrale s'éle-
vait le trône qui jadis appartenait
à Charlemagne. Hugues, accompagné de Robert, en monta les premiers degrés; plaçant son fils sur
une marche inférieure, le monarque français, la couronne royale
sur la tête, par un geste plein de
dignité et de noblesse, commanda
le silence; alors il s'adressa en ces
termes à cette noble assemblée :

« Rois, mes voisins et mes alliés,
feudataires de la couronne, grands
vassaux de la France, guerriers,
soutiens du trône, soldats, et vous,
peuple, entendez la voix de votre
souverain. Peut-être est-il parmi
vous quelques esprits inquiets et

chagrins, qui ne voient qu'avec déplaisir mon élévation au rang suprême; mais Hugues-le-Grand,
mon père, s'il ne fut pas souverain
de nom, le fut réellement. Français,
pouvez-vous regretter ces faibles
princes désignés par leur siècle sous
l'épithète injurieuse de *rois fai-*
néans? Quels étaient leurs titres à
votre amour? Une longue indifférence sur vos misères, sur vos souffrances. Celui qui doit régner sur un
grand peuple doit être en état de le
défendre. Opposerez-vous à la gloire
de mon illustre père le sang de Charlemagne dont ils descendaient? Mais
moi, Hugues Capet, nom qui m'honore, moi, fils de Hugues-le-Grand,
suis-je indigne de vous gouverner?
Le sang qui coule dans mes veines se

perd dans la nuit des siècles! Cite-
rai-je Robert-le-Fort, arrière-petit-
fils du grand Wittikin? Nommerai-
je tous les aïeux dont je descends?
Il est un titre plus grand que ces
titres pompeux, c'est l'attachement
que les Français ont toujours porté
à ma famille. Cet amour a soutenu
mon père dans ses immenses travaux! Lui seul a porté le poids de
la couronne; lui seul a défendu vos
droits; lui seul vous a sauvés du
joug de l'ennemi. Le sang de Charlemagne est dégénéré; ce sang est
épuisé, et le dernier rejeton, Charles, duc de Lorraine, par son alliance avec le Germain, abdiqua
ses droits à l'héritage de ses aïeux.
Vous m'avez appelé à la suprême
puissance; vous m'avez jugé capable

de marcher à votre tête , je me mon-
trerai digne de vous, et des grands
travaux que vous m'avez confiés.

« Cependant, si j'ai mérité votre
amour, si vous vous êtes reposés
sur moi du soin de votre avenir,
aujourd'hui j'en réclame une nouvelle preuve : mon fils, ce jeune
guerrier, qui déjà vous a donné
quelques marques de valeur, doit
apprendre sous moi les devoirs que
le ciel impose aux souverains; il
doit connaître combien l'équité est
nécessaire pour soutenir l'équilibre
d'un État; il faut qu'il sache combien les actions des rois, même les
plus simples, peuvent porter de
préjudice à ceux qui vivent sous
leurs lois. Je dois l'instruire comment ceux qui nous entourent in-

terprètent à leur gré un mot, un
geste, un sourire. Il faut qu'il apprenne à dompter ses passions; que
l'intégrité soit l'unique base de ses
jugemens, de ses faveurs et de ses
bienfaits. Il doit rendre la justice à
tous également; il doit protéger le
peuple contre cette foule de vam-
pires toujours prêts à le dévorer. Je
réclame donc de vous, messeigneurs,
le droit de l'associer au fardeau de
la toute-puissance, afin qu'au moment où l'Eternel daignera terminer ma carrière, la France puisse
avoir un monarque digne d'elle,
digne de son grand peuple, et
digne des hauts intérêts qui alors
seront remis entre ses mains. Peuple, j'attends cette récompense pour
les travaux de mon illustre père et

pour les miens, pour les miens, qui toujours ont obtenu vos suffrages. »

Aussitôt l'assemblée, d'une voix unanime, s'écria : « Que Robert soit le successeur de notre roi Hugues ! » Le peuple qui entourait la cathédrale répéta les mêmes acclamations.

Alors Séguin, archevêque de Sens, s'approcha du trône; montant quelques degrés, il prit la main du prince, et le conduisit au milieu du chœur; là, sa voix imposante s'adressant à ceux qui assistaient à cette auguste cérémonie, prononça : *Le voulez-vous pour votre roi* (1)? Mille voix, d'un mouvement spontané, répondirent : *Nous le vou-*

_____

(1) *Vultis hunc regem?*

lons ! il nous plaît, qu'il soit notre roi (1)! Le prélat reconduisit le jeune monarque auprès de son auguste père. Hugues, transporté d'une joie indicible, arrachant le diadême qui ornait son respectable front; et le posant sur celui de son fils, dit : «Cher Robert, enfant de mon amour, reçois la couronne de Charlemagne, ton heureux père te la donne; elle est à toi, toi seul la porteras désormais. Combien elle embellit ta brillante chevelure (2)! Quelle sied bien à ton noble front,

---

(1) *Laudamus, volumus fiat !* (Anquetil, *Histoire de France.*)

(2) Hugues Capet ne porta plus aucun ornement royal, du moment où son fils fut associé à la puissance souveraine. (Vely.)

mon fils! mon cher fils!» Hugues
ouvrit ses bras paternels, et Robert,
l'aimable Robert s'y précipita. Ils
s'embrassèrent, et les assistans ap-
plaudirent à cette touchante scène.
Aussitôt on le revêtit des vêtemens
royaux (1).

Robert, précédé de l'archevêque,
alla se placer au pied du sanctuaire;
aussitôt le vertueux Séguin prenant
la fiole précieuse qui renfermait
l'huile sacrée, et qui servit au baptême et au couronnement du grand

---

(1) Ils consistaient, dit Saint-Foix, dans
une grande soutane rouge sous un long
manteau bleu, semé de fleurs de lis d'or;
et le blanc étant de temps immémorial la
couleur désignative de la nation, de là les
trois couleurs qui se trouvent réunies dans
la livrée de nos rois.

Clovis; en versa quelques gouttes sur le front du jeune monarque ; il répéta la formule consacrée, et donna sa bénédiction au fils du magnanime Hugues Capet. Alors la messe commença.

Le prince, toujours agenouillé sur les marches de l'autel, ne dédaigna point de répondre aux versets prononcés par le digne célébrant : sa voix harmonieuse et pure résonna sous les antiques voûtes; et quand vinrent les hymnes solennels, le jeune roi de France mêla ses accords à ceux des chantres du Très-Haut : l'âme remplie d'un zèle pieux pour les exercices de la religion, il mettait sa gloire et sa vertu à répéter les cantiques et les hymnes célestes. Cependant, le devoir qu'il

remplissait ne lui ôtait pas la volonté
de s'occuper du bonheur de son
peuple, et des soins importans de
la royauté. Tel fut Robert pendant
le cours de son règne. Tous les regards étaient fixés sur le nouveau
souverain; lui seul semblait indifférent aux choses de la terre; ses
yeux, pleins de douceur et de majesté, se levaient vers le ciel pour
lui exprimer sa reconnaissance, ou
peut-être, effrayé du poids dont il
venait de se charger, demandait-il
au Tout-Puissant des lumières pour
remplir dignement les hautes fonctions qui lui étaient dévolues.

Après l'office divin, les grands
feudataires du royaume, les seigneurs et tous les officiers de la couronne furent admis à l'honneur de

prêter foi et hommage au nouveau
monarque. Les comtes souverains
parurent les premiers; ils ployèrent
le genou devant Robert, et lui bai-
sèrent la main.

Conrad-le-Pacifique vint saluer
les deux rois; devant lui mar-
chait son gendre Eudes, comte de
Champagne et de Blois, qui venait
d'épouser la princesse Berthe sa
fille; Eudes lui donnait la main;
ils s'avancèrent tous deux, et rendirent leurs respects au fils du grand
Hugues Capet.

Robert regardait avec étonnement les époux qui se présentaient
à ses pieds. Eudes était dans la
force de l'âge, et Berthe sortait à
peine de l'enfance; sa taille légère
et délicate annonçait une santé

I.   2

frêle, et la pâleur qui couvrait ses
jolis traits, excitait la compassion et
presque la pitié pour cette douce
victime de l'ambition et d'un hymen
mal assorti.

« Cousin, dit le jeune prince,
Berthe pourrait être votre fille. Y
pensez-vous, d'avoir choisi une
fleur si tendre et si fragile? un
souffle peut la flétrir, la briser. —
Le temps, monseigneur, la fera
épanouir. — Beau cousin, à votre
place, je ne l'attendrais pas; car,
ajouta-t-il à voix basse, la pauvre
enfant ne sera jamais belle! » Berthe l'entendit; une vive rougeur
couvrit son cou et sa douce figure;
elle baissa ses grands yeux vers la
terre, et ramena sur son front les
boucles de ses jolis cheveux châ-

tains; elle voulait cacher son trouble et son déplaisir. Berthe avait dix ans; et jeune fille, même en sortant des bras de sa nourrice, est déjà coquette : Berthe l'était peut-être. Elle murmura, en saluant son noble cousin : *La pauvre enfant ne sera jamais belle !* Robert et le comte de Blois sourirent de son innocent dépit. La fille de Conrad, après lui avoir rendu ses devoirs, se plaça auprès de son auguste père. Irritée contre son cousin (1), Berthe suivait tous ses mouvemens. Le comte de Flandre, un des plus puissans feu-

---

(1) Berthe était fille de Conrad Ier, roi des deux Bourgognes, et de Mahaut ou Mathilde de France, petite-fille de Louis d'Outre-Mer. (*Reines et régentes de France.*)

dataires de l'empire, vint présenter
son hommage; à ses côtés se trouvait la belle Agnès sa fille. Robert
rougit en la voyant, et son regard ne
quitta plus cette séduisante créature.
Berthe pâlit davantage, et son cœur
se gonfla de déplaisir; la cérémonie
se termina, et l'assemblée se rendit
au palais, où un festin magnifique
était préparé.

Triste, pensive, la timide épouse
du comte de Blois comparait la brillante toilette d'Agnès à sa mo-
deste parure. Pendant le repas,
Robert n'eut de soins et d'égards
que pour la fille du comte Arnaud
de Flandre, qui, coquette, ambi-
tieuse, mettait toute son ambition
à captiver le cœur qui s'offrait à ses
charmes. Déjà elle se flattait de

porter la couronne des lis ; déjà son
active imagination cherchait à lever
tous les obstacles, à énumérer les
avantages que les rois de France
pourraient retirer de leur union avec
les comtes de Flandre : elle ac-
compagnait ses réflexions d'un sourire, d'un coup-d'œil mélancolique
au jeune monarque, qui, transporté
d'amour, espérait obtenir de son illustre père le consentement à son
hymen avec la belle Agnès. Le
repas entier s'écoula en doux regards
et en signes d'intelligence.

Il étoit bien facile à cette belle
Agnès de captiver Robert ; il n'avait
que quinze à seize ans ; elle en avait
près de vingt, et fille de vingt ans
n'est plus novice dans l'art de plaire.
Aussi la séduisante héritière du

comté de Flandre, dans cette même
journée, enleva de vive force un
cœur qui ne demandait qu'à aimer
et à se rendre.

Aussitôt après le festin, on dansa;
Robert choisit entre toutes les da-
mes, la charmante Agnès, qui, or-
gueilleuse de l'emporter sur elles
par sa grâce, par ses discours sédui-
sans et par son esprit vif et brillant,
enlaça sibien le prince, qu'il osa lui
parler des désirs qu'il venait de former. Il sollicita la faveur de supplier son auguste père de demander
au comte de Flandre son aimable
fille pour le trop heureux Robert.
Agnès baissa les yeux avec une
feinte timidité, et présentant la main
à celui qui se déclarait son amant et
son chevalier, répondit avec un son

de voix enchanteur : « Puissiez-vous, prince, ne point trouver d'autres obstacles que ceux que je vous opposerai. Alors, si vous mettez votre bonheur à obtenir et mon cœur et ma foi, je ne les refuserai pas. » Robert, ivre de joie, s'inclina, et baisa avec transport cette main qu'il adorait. Mais Berthe avait tout observé ; ses paupières se mouillèrent de larmes.

Hugues s'aperçut enfin du peu d'égards que son fils témoignait aux femmes des seigneurs venus à son couronnement ; il le fit appeler, et lui commanda de partager ses soins entre elles, lui faisant observer combien cette conduite était impolitique, et pouvait blesser l'orgueil des comtes et des ducs du royaume. Robert sentit sa faute, et s'acquitta des devoirs qui lui étaient imposés.

La fille de Conrad se trouvait
engagée au même quadrille que le
prince ; bien qu'elle ne fût qu'un
enfant, son amour-propre désira
l'emporter sur Agnès, qui dansait à
ses côtés ; elle s'en acquita avec une
grâce parfaite ; tous les yeux se
fixèrent sur cette jeune fille si légère, si fugitive, qui semblait parti-
ciper, par sa forme et sa délicatesse,
aux anges qui habitent les célestes
parvis. Robert lui-même, Robert
demeura surpris et enchanté de sa
danse gracieuse et pleine de charmes. Aussitôt que le quadrille fût
fini, il s'avança vers elle, et la pria de
danser avec lui. La jeune comtesse
de Blois retira la main dont il s'était
emparé, et lui dit : « Beau cousin,

acceptez tous mes regrets, mais je
ne le puis; je suis trop fatiguée. »
Elle le salua profondément, et se
plaça à côté de sa mère et de son
époux. Robert fut piqué de ce refus; mais il dit intérieurement : j'ai
satisfait au devoir de mon rang; re-
tournons où mon cœur m'appelle.
Il vola aussitôt près de l'aimable
Agnès de Flandre.

Déjà elle était inquiète de son
éloignement, et craignait l'effet de
l'inconstance naturelle aux hommes.
D'ailleurs cette journée était la première journée de leurs amours.....
Avait-elle eu le temps d'étudier son
caractère ! Ce beau Robert était si
jeune !.... mais un sourire l'assurait qu'il lui serait facile de triompher de son inexpérience en amour.

Agnès le reçut avec un regard
rempli d'une douce tendresse ; sa
voix, en lui adressant quelques reproches aimables, prit une expres-
sion mélancolique et touchante ; Robert fut ému, son cœur palpita ; il fit
aussitôt le serment de n'avoir jamais
d'autre épouse que celle qui l'ac-
cueillait avec tant de grâces et de
prédilection. Le prince ne la quitta
plus un seul instant de ce jour et de
cette nuit de plaisirs et de fêtes.

La coquetterie de la jeune comtesse subjugua entièrement le fils de
Hugues Capet. Avant le départ d'A-
gnès, les plus saintes promesses, les
sermens les plus sacrés les liaient
pour jamais ; même elle exigea du
prince qu'il lui signât une promesse
de mariage avec son sang : il obéit ;

et la belle Agnès lui donna la sienne
en échange. Robert, ardemment
épris, jura que bientôt le roi son
père enverrait des ambassadeurs
solliciter sa main près de l'illustre
Arnaud de Flandre. Comptant sur
sa parole royale, Agnès quitta Orléans, se croyant déjà reine de
France. Berthe et Eudes son époux
s'éloignèrent sans prendre congé de
Robert. Hugues seul reçut leurs
hommages.

CHAPITRE II.

———

L'AUGUSTE Capet était retourné au sein de sa capitale. Occupé de grands intérêts, il ignorait l'engagement de son fils bien-aimé. Ses projets, relativement au mariage de Robert, étaient bien différens : en lui donnant une épouse, il voulait s'assurer de l'appui d'un allié redoutable, qui, joignant ses forces aux siennes, pût imposer un frein aux brigues des ennemis que lui avaient suscités son élévation et sa puissance.

Blanche, épouse du dernier roi,

et fille des souverains de la Navarre, réunissait tout ce que pouvait exiger l'ambition de Hugues ; aussi résolut-il de former cette union sans délai : par ce moyen, il concentrait sur sa famille l'amour que les Français portaient à cette princesse. Cette alliance rapprochait tous les partis : par elle, il paraissait remplir un acte de justice en ne laissant point languir dans l'isolement la veuve de Louis V, qui se trouvait encore dans la force de l'âge et de la beauté. Capet fit faire des propositions à Blanche : elles furent acceptées.

Aussitôt il mande son fils : le jeune monarque se rendit avec empressement à cet ordre d'un père chéri. Le roi se promenait en réfléchissant : Robert s'arrêta avec respect; mais Hugues, lui tendant la main, lui fit signe de s'asseoir à côté de lui. Robert s'aperçut alors du maintien grave et de la préoccupation répandue sur la mâle figure de son père; il éprouva une légère émotion, bien qu'il ne sût à quoi l'attribuer.

« Mon fils, dit le souverain avec bonté, mon cher fils, en vous associant à la suprême puissance, j'ai voulu assurer et le trône et l'amour des Français à ma famille et à ma postérité... Ce peuple, attaché à ses rois, a vu avec déplaisir mon front se parer de la couronne qui leur appartenait : mais bientôt, je l'espère, il reviendra de ses vieilles erreurs; bientôt il jugera qui, de cette race dégénérée ou de la mienne, méritait mieux de régner sur lui. Cependant il faut quelques efforts pour captiver et sa confiance et son attachement : nous devons veiller sans cesse sur nos actions ; nous devons, ô mon fils ! l'identifier à nous, en nous conformant à ses lois, à ses mœurs, à ses usages ; il faut que nos soins, nos travaux n'aient d'autre but que son bonheur et sa prospérité. Irons-nous, monarques d'un jour, nous abandonner aux plaisirs, à l'ivresse des grandeurs, inévitable suite du pouvoir souverain ? Non ; il faut que nous fondions une troisième race ; il le faut, et nous le devons. Rappelez-vous, mon fils, quel sang s'est perpétué dans nos veines ! quels furent nos premiers aïeux ! leur berceau touche au ber-

ceau du monde! Si le Ciel le permettait!.. et pourquoi refuserait-il
d'accomplir un si noble vœu? pourquoi nos descendans ne seraient-ils
pas aussi nombreux, aussi grands
que le furent nos ancêtres? C'est à
nous à consolider notre ouvrage:
peines, fatigues, périls, rien ne
doit nous arrêter. Il est beau d'être
cité comme le fondateur d'une dynastie auguste. Ce langage ne convient guère à votre âge, mon fils;
mais moi, il occupe mes pensées,
il remplit mes veilles, il enchante
mes songes, il est partout, il est
l'œuvre d'une imagination ardente,
il est le seul plaisir de ma vie... Où
m'égaré-je? Si l'Éternel le commande, un jour mes successeurs ne
prononceront le nom d'Hugues Ca-

pet qu'avec vénération et reconnaissance. Puisse le Français se joindre
à eux ! A présent, écoutez, mon
fils, écoutez, jeune roi, le projet
que j'ai formé. » Robert se leva, et
salua Hugues respectueusement.

« Dans la situation précaire où
nous sommes, entourés d'ennemis
jaloux de notre splendeur, d'ennemis suscités par les partisans de
Charles et d'Arnould, nous devons
chercher quelques alliés dont la puissance puisse contrebalancer celle
qu'on pourrait nous opposer. J'ai
déjà conclu quelques traités secrets... il en est un surtout pour la
ratification duquel j'ai compté sur
vous... — Quel est-il, seigneur? —
Il s'agit d'épouser la jeune Blanche,
veuve de Louis V : elle a de grands

appuis parmi les vassaux du royaume; sa haine pourrait nous être pré-
judiciable... J'ai promis votre main,
votre foi, Robert; et celle qui régna
sur la France va remonter avec vous
sur le trône d'où elle était descen-
due. — Moi! moi! juste Ciel! je
partagerais le lit d'une femme que
la France entière accuse d'avoir
porté sur son époux une main parricide! non, mon père! non, jamais!
— Que dites-vous? où s'égare votre
imagination? Quoi! vous, Robert,
vous donnez créance aux clameurs
du vulgaire, de ce vulgaire igno-
rant, toujours disposé à calomnier
ses maîtres! Eh! qui vous assurera
que Blanche soit coupable d'un si
grand forfait? — Tout un peuple;
la France toute entière l'accuse.

Sire, je n'accepterai point cette alliance; elle me fait horreur... — J'ai promis, prince; et le duc de France n'a jamais manqué à sa parole. — Avant de disposer de moi, monseigneur et père, il fallait au moins m'interroger... et le rang que j'occupe méritait, je le crois, ce peu de déférence... — Oubliez-vous que c'est à mes soins que vous le devez ce rang? — Puis-je l'oublier, seigneur? — Mon fils, je vous parle encore en père...; l'intérêt de la couronne exige ce sacrifice; vous devez le remplir... — Je ne le puis, et ne le veux. — Est-ce là le respect que vous me devez? — Seigneur, si vous daignez vous souvenir du jour où vous eûtes l'extrême bonté de m'associer au trône... ce jour décida de

ma vie... j'aime, et j'aimerai toujours... Agnès de Flandre est celle
que j'ai choisie pour épouse; et tant
qu'un souffle de vie animera le cœur
où elle règne... jamais ma main ni
ma foi n'appartiendront à une autre... — Est-ce là le langage que je
devais attendre d'un fils qui fut toujours l'objet de ma prédilection?..
Robert, vous déchirez l'âme d'un
père par cette désobéissance... Eh!
que vous reviendra-t-il de l'irriter?
Jusqu'à demain, mon fils, je vous
laisse penser à cette proposition.
Rappelez votre raison : souvenez-
vous que notre trône est encore
chancelant; que la moindre imprudence peut renverser et mes projets
et ma puissance. Mon fils, songez
au déplaisir que votre obstination

causerait à un père qui vous aime...
Adieu, mon cher Robert. Allez. »

En quittant la chambre royale,
le prince était profondément ému :
ces mots, *adieu, mon cher Robert,*
retentissaient à son oreille et à son
cœur; il voyait encore ce regard
rempli d'amour paternel ; il voyait
cette main royale étendue vers lui
avec tant de bonté... Malgré l'a-
mour dont il brûlait pour Agnès,
malgré ses promesses et ses sermens, il ne se sentait pas le courage
de braver et la colère et l'autorité de
son auguste père. Après mille réflexions douloureuses, après avoir
passé la nuit sans repos, sans sommeil, il se décida au sacrifice qu'on
lui imposait.

Cependant, mille combats s'éle-

vaient dans son jeune cœur ; tantôt
il reculait d'effroi, en songeant au
moment où Blanche poserait sa main
dans la sienne : un mouvement de
dépit, de fureur, le faisait tressaillir... et Agnès, avec tous ses charmes, lui apparaissait... il croyait voir
ses larmes, il entendait ses doux reproches : indécis, il ne savait alors
que faire et que résoudre. La nuit
s'écoula dans ces combats et dans
ces perplexités.

Le soleil depuis quelques heures éclairait l'univers, et Robert
ne s'était pas présenté à la chambre
de son noble père. Effrayé de la
réponse qu'il lui fallait donner, le
prince retardait l'instant où il allait
s'engager : il parcourait l'immense
parc qui entourait le palais de Hu-

gues; il s'imaginait peut-être que ce retard empêcherait l'accomplissement de son devoir. Inquiet, tremblant, il semblait attendre quelque évènement qui dût influer sur son sort. Le roi espérait beaucoup de ce retard ; il espérait que son fils se rendait à ses désirs.

Un messager est introduit secrètement auprès de Robert : il est envoyé par la charmante Agnès, qui, ne rêvant que grandeurs, et craignant que l'absence n'effaçât son image d'un cœur qu'elle voulait asservir, avait choisi ce moyen pour conserver l'empire qu'un moment lui avait donné, et qu'un moment pouvait lui ravir. L'envoyé remit au prince une lettre de la jeune comtesse. Robert est enchanté de ce doux et

tendre souvenir. Robert , jeune ,
ardent , oublie aussitôt la résolution
qu'il avait formée. Qui , lui ! abandonner Agnès , Agnès dont il est
si tendrement aimé ! Il baise avec
transport l'écrit heureux que sa belle
main a tracé, rompt le sceau , et lit
ce qui suit :

« Mon noble père connaît notre
« amour; il l'approuve, cher prince.
« Ah ! ne me blâmez pas ; pouvais-
« je , fille soumise, lui céler un
« tel secret ? O Robert ! avez-vous
« obtenu le consentement à notre
« union ? le magnanime Hugues
« veut-il bien d'Agnès de Flandre
« pour sa fille ? j'ose l'espérer. Cher
« prince, qu'il me tarde de vous re-
« voir ! Combien mes souhaits hâ-
« tent la course du temps ! qu'il s'é-

« coulé avec lenteur! En attendant
« l'ambassadeur du roi de France,
« je vais accomplir un vœu que j'ai
« formé : ce vœu, vous devez le
« pressentir... Dans la forêt des Ar-
« dennes se trouve la chapelle de
« Notre-Dame de Bon-Secours; je
« vais l'invoquer pour nous... Si
« votre auguste père permettait....
« si nous pouvions ensemble éle-
« ver vers elle nos prières... ô bon-
« heur! ô présage heureux! Cher
« Robert, cher prince, Agnès, en
« vous voyant, serait des mortelles
« la plus fortunée. Adieu, adieu,
« pensez quelquefois à la comtesse
« de Flandre. »

Robert avait toute la chaleur de
la jeunesse. La lecture de cette lettre
échauffa son imagination; il revoit

Agnès avec tous ses attraits, il revoit son doux sourire, il entend sa
voix touchante, pouvait-il résister?
Faible, emporté par son amour, il
oublie et son illustre père et l'hymen où l'on veut le contraindre : ou
plutôt il est flatté de trouver un prétexte qui lui rappelle fortement et
sa promesse et les sermens qu'il
a faits. Heureux à cette idée, qui
lui sourit, il rappelle le messager d'Agnès, et dit en le congé-
diant : « Serviteur de la comtesse de
Flandre, rends-toi à peu de distance
des murailles de Paris ; arrête-toi
sur la colline des moulins : là, tu
attendras ma réponse. Dans une
heure, elle te parviendra. Pars sur-
le-champ. »

Aussitôt il appelle son écuyer fi-

dèle, celui qui soigna son enfance,
et se renferme soigneusement avec
lui dans son appartement. Il lui
confie le projet auquel il vient de
s'arrêter. Le digne serviteur pâlit;
mais, cachant son émotion, il dit
en baisant la main de son maître :
« Seigneur, quel que soit votre sort,
Audibert le partagera. — Je le sa-
vais, répond en souriant le jeune et
imprudent monarque. Ami, laisse-
moi; conduis mon cheval dans l'a-
venue des Chênes ; va. » Robert
resta seul. Il écrivit en baignant de
ses larmes un parchemin : bientôt il
dépouille la riche tunique d'azur, où
sont parsemées des fleurs de lis et
des abeilles d'or; une simple armure
couvre sa taille élégante, et un casque rembruni cache à tous les yeux

sa longue et brillante chevelure. Une épée obscure remplace l'épée royale: cependant Robert ne peut s'en dessaisir; il la dérobe aux regards sous sa cotte de mailles travaillée de l'acier le plus fin. Sous ce déguisement, il descend un escalier secret, et vole où son écuyer l'attendait. « Partons, dit le prince, partons. » Il s'élance sur son noble coursier, le pique de l'éperon, et quitte le palais de Hugues Capet.

Le roi ignorait ce cruel incident. Pouvait-il s'imaginer que ce fils, son idole, sa joie, ce fils auquel il avait cédé la moitié de la puissance souveraine, se rendrait coupable d'une si noire ingratitude ? Il attendait avec impatience la réponse promise; et pendant ce temps, Robert, Ro-

bert, son enfant de prédilection,
Robert remettait sa personne au
pouvoir d'un prince étranger.

Que les momens paraissaient longs
au cœur paternel ! La moitié du
jour s'est écoulée, et son fils ne l'a
point encore embrassé. Le monarque demande Robert; aucun des officiers du palais n'a été appelé dans
son appartement. Cette circonstance
éveille l'inquiétude du roi : bien qu'il
lui en coûte de faire la première démarche, il se rend à la chambre du
prince.

Elle est déserte. La couche où ses
nuits s'écoulaient tranquillement ne
paraît point avoir été dérangée. Hugues reste immobile; il parcourt du
regard cette chambre où tant de fois
il a entendu résonner la voix de son

fils : son armure est disparue ; son
épée ne s'y trouve plus. Un doute
pénible s'élève dans son cœur; il
frémit à la pensée qui vient de s'y
former : mais il la rejette sur-le-
champ; il croirait, en s'y arrêtant,
offenser et l'honneur et la vertu de
son Robert. Hélas! bientôt, bientôt
ses doutes, ses craintes vont se réaliser.

Un parchemin scellé est placé sur
la cassette où sont renfermés les
joyaux de l'héritier du royaume de
France : Capet s'en saisit avec vivacité; il brise la cire fatale, il parcourt des yeux l'écrit qu'il tient, sa
vue se trouble : des pleurs humec-
tent ses paupières, il les essuie aussitôt. « Ingrat, dit-il, ingrat, tu
m'exposes à montrer la faiblesse de

ce cœur devant des courtisans, toujours prêts à blâmer leurs maîtres !
O mon âme ! rappelle ton courage !
Puisse ce fils, que j'ai trop tendrement chéri, ne pas regretter un jour
le parti funeste qu'il vient de prendre !.. puisse-t-il ne pas verser des
larmes amères sur les suites de sa
déplorable imprudence ! et puisse le
Ciel ne pas venger sur lui les dou-
leurs qu'il vient de causer à son malheureux père ! » Le monarque relut
encore la lettre de son fils ; elle était
ainsi conçue :

« A HUGUES, ROI DE FRANCE, SALUT
ET RESPECT.

« Placé entre deux écueils, celui
« d'encourir l'indignation de l'au-
« guste auteur de mes jours, ou de

« perdre sans retour l'épouse de
« mon choix, j'ai combattu quelque
« temps : mais enfin mon destin l'em-
« porte ; je pars, je quitte un père,
« un père dans l'âme duquel je n'ai
« trouvé jamais que bonté, qu'in-
« dulgence... Je commets un crime
« irréparable... ; je déchire son
« cœur... Hélas ! où peuvent nous
« entraîner les passions ?.. O mon
« père ! mes larmes baignent cette
« lettre... ; mais la fatalité, l'amour
« égarent ma raison : tous deux me
« rendent coupable... Cependant,
« puis-je l'être en accomplissant la
« première promesse que je fis le
« jour où vos mains royales cei-
« gnirent mon front du diadême ?..
« J'ai juré foi et constance éternelle
« à la belle Agnès de Flandre...

« Vous voulez, seigneur, que je
« forme un autre hyménée; je ne le
« puis... N'ayant point le courage
« d'affronter votre courroux, j'aban-
« donne la France...; je pars... je
« vous quitte... Ai-je pu tracer ce mot
« funeste, *je pars*... O mon père, pi-
« tié, tendresse et compassion pour
« le fils que vous aimâtes autrefois!..
« pardonnez-lui, et que votre co-
« lère ne le poursuive pas dans l'a-
« sile qu'il vient de choisir!

« Robert de France. »

Blessé profondément d'une telle
conduite, le monarque, toujours
magnanime, résolut de dérober à la
connaissance de ses sujets et de la
cour la faute de son fils : prenant
un visage serein, il reparut au mi-

lieu des courtisans, et leur annonça
que le jeune roi était allé par son
ordre visiter la princesse Edvige sa
sœur, femme de René, comte de
Hainaut. Les seigneurs de France
et les officiers de la couronne parurent donner créance au discours de
leur souerain.

Mais Robert avait fait une extrême
diligence. Éloignant de sa pensée
le déplaisir mortel dont il accablait
un père dont il était adoré, il ne
s'occupait que de celle qu'il allait
revoir ; prenant la route la plus
prompte pour arriver près de la
charmante Agnès, son cœur plein
de tendresse et de passion n'éprouvait qu'un seul regret, celui de ne
point arriver assez vite au gré de ses
ardens souhaits.

A peine laisse-t-il reposer son coursier. Plus il avance, plus le poids dont il est oppressé s'allége. Il n'entendra pas les reproches de son souverain et de son père. Déjà il se repaît de l'accueil qu'il va recevoir ; c'est un sourire d'Agnès, et ce sourire n'est-il pas tout puissant sur son âme ? Enfin il découvre la forêt qui doit recéler l'objet de ses brûlans désirs. Heureux, il a perdu de vue les frontières de la France. Son écuyer s'informe de la chapelle de Bon-Secours : des pâtres la lui indiquent. Robert court au centre de la forêt, il aperçoit le vénérable toît de l'édifice, il met pied à terre, et remet à Audibert les rênes du noble animal. Le prince s'achemine dans une allée du bois sacré, et bientôt

il distingue plusieurs tentes riche-
ment pavoisées. Il regarde encore,
et reconnaît les couleurs du comte
de Flandre. Il ne doute plus du
bonheur qui l'attend.

A l'entrée de la plus riche tente
se trouvait un guerrier. Robert sait
alors que cette tente est celle de la
princesse; il s'approche. « Soldat,
dit-il, permets que je salue l'illustre
Agnès de Flandre. » Il n'attend
point la réponse, car il soulève
avec transport le rideau qui en
ferme l'entrée. « Téméraire! s'écrie
l'homme d'armes, oserais-tu t'offrir
ainsi aux regards de la comtesse?
Éloigne-toi! Qui es-tu pour te présenter ainsi devant elle? » Cette
brusque sortie rappelle au fils de
Hugues que rien ne le distingue de

l'homme le plus obscur....; il s'arrête, et commande à l'écuyer d'A-
gnès d'annoncer un des officiers du
jeune roi Robert de France.

« Il peut entrer, » dit une voix
charmante. Robert se précipite dans
la tente, et tombe à genoux en
découvrant sa belle figure ani-
mée et d'espoir et d'amour. « Divine Agnès, s'écrie-il, c'est moi,
c'est Robert qui accourt vers la souveraine de ses pensées, de sa vie...
Non, femme adorée, non, je n'ai
pu résister au désir de te revoir!
Je viens t'offrir et ma main et ma
foi...; je viens remplir ma promesse.
Et pourrais-je vivre plus long-temps
sans toi? Agnès, ô mon Agnès! je
t'en conjure, dis, ô dis que tu m'aimes! — Robert de France peut-il

en douter? Mais est-ce bien vous, cher prince? est-il vrai? Empressement aimable! A peine deux jours se sont-ils écoulés, et vous êtes ici!..... — Aimable Agnès, mon cœur, mes pensées t'accompagnaient partout.... Tu le vois, je n'ai pas hésité un moment à suivre l'indication que cette main charmante me donnait.....; un devoir sacré me commandait de venir accomplir mon serment.... Douce amie, j'ai quitté mon auguste père... Agnès, pour vous, j'ai tout abandonné...; je suis un malheureux fugitif... peut-être un banni... — Que dites-vous, prince? s'écrie-t-elle. — Oui; Hugues a pris des engagemens avec la veuve de Louis, la reine Blanche: il ordonne que je sois son époux...

— Son époux! répondit Agnès en
pâlissant. — J'ai refusé. Eût-elle eu
sur le front tous les diadêmes de
l'univers, je n'aurais pas accepté.
Agnès n'avait-elle pas ma foi? —
Cher Robert, le roi, votre père et
seigneur, peut-il songer à cette alliance? De quel crime cette princesse n'est-elle pas accusée? elle est
belle, j'en conviens; mais doit-elle
remonter sur un trône qu'elle a
souillé par un forfait abominable?
ce serait associer ensemble le vice
et la vertu! — Agnès, peut-être,
est-ce une odieuse calomnie? Non,
je ne puis croire qu'elle soit coupable d'un parricide. — Ame généreuse, qui ne peut concevoir la duplicité humaine!— Cessez, cessez
ce langage flatteur...; vos louanges

me donneraient de l'orgueil... »
Agnès se leva, et, présentant la
main à l'héritier de la couronne de
Hugues, lui dit : « Venez, cher
prince, venez prier Notre-Dame de
Bon-Secours qu'elle nous soit favorable... Hélas! je prévois bien des
malheurs... — En sera-t-il pour
moi en étant auprès de vous, divine
Agnès?» Ils sortirent de la tente,
et se rendirent à la chapelle.

Tout en s'adressant à la mère du
sauveur des hommes, la comtesse
de Flandre frémissait en réfléchissant à la fuite de Robert. Ambi-
tieuse, adroite, et depuis quelques
mois s'étant flattée de devenir reine
de France, il lui semblait cruel de
voir s'évanouir et ses projets et sa
future grandeur. Le prince priait

avec ferveur ; il demandait au Ciel
d'aplanir les difficultés qui pourraient s'élever contre l'hymen qu'il
brûlait de former : il était jeune, il
n'avait jamais aimé, et pensait qu'un
premier attachement devait durer
jusqu'à la mort. Heureuse sécurité !
heureuse confiance ! Robert, puisse
cet amour, auquel tu viens de sacri-
fier rang, fortune, puissance, diadême, ne pas empoisonner ta vie
et de remords et de douleur !

Agnès pressa le départ pour re-
tourner vers son père ; elle était
bien aise de le consulter dans cette
difficile occurrence. Robert, espé-
rant que bientôt des nœuds indisso-
lubles l'enchaîneraient à celle qu'il
adorait, rendit grâces intérieurement à cet empressement aimable.

L'héritière du comte de Flandre
eut un secret entretien avec lui;
elle lui fit part de ses craintes sur
les suites que pouvait avoir son
union avec le fils de Hugues. Il la
rassura complètement, et lui expli-
qua comment il lui serait possible
de la faire reconnaître authentique-
ment; il entra dans les plus grands
détails sur les avantages qui pourraient en résulter, et lui déclara
qu'il était urgent de conclure cet
hymen avant que des messagers
du roi de France vinssent réclamer
le royal héritier. Agnès, dévorée
d'ambition et de l'espoir de dominer
son jeune époux, qui à peine sortait de l'adolescence, consentit aux
sages raisons présentées par son père.
Peu après cette entrevue, Robert

fut présenté au comte de Flandre.

Agnès était assise à ses côtés; belle, vêtue d'une parure riche et élégante, ses yeux rayonnaient d'espérance et de plaisir. Le prince des Français fut ébloui par tant d'attraits; il balbutie quelques mots entrecoupés, mais son regard enflammé suit tous les mouvemens de sa charmante maîtresse. Brûlant d'amour, il adresse quelques mots d'excuse sur son arrivée soudaine; il veut instruire le comte de son départ clandestin. Agnès, l'adroite Agnès, d'après l'ordre de son père, lui fait signe de ne pas dévoiler ce mystère; il se tait : « Cher prince, dit Arnaud, que cet empressement est flatteur pour ma famille! Il est donc vrai, mon Agnès a su

captiver ce noble cœur. Peut-être
Hugues avait-il formé d'autres projets. — Oui, seigneur. — Et quels
sont les vôtres? — De m'unir, si
vous y consentez, le plus prompte-
ment possible, avec votre adorable
fille. — Mais que dira le roi de
France? Que pensera-t-il de cette
désobéissance à ses ordres? — Seigneur, si vous daignez m'accorder
la main de la charmante Agnès,
j'ose me flatter que bientôt mes respects, ma soumission désarmeront
le courroux paternel. Hugues a quelque tendresse pour moi.... Hélas!
pardonnez, je l'ai bien mal récom-
pensée!... Mais j'irai, je volerai en
France embrasser ses genoux.... Je
lui présenterai ma belle épouse, et,
je l'espère, son courroux s'apaisera.

Seigneur comte, si ma démarche
en vos Etats m'a obtenu votre ap-
probation, par grâce ne différez pas
mon hymen. Je désire qu'il ne soit
point divulgué. Je désire être le
premier a en instruire mon souve-
rain-seigneur et père.

Le comte de Flandre sait bien
qu'il trouvera facilement les moyens
d'empêcher la réussite de ce projet, inspiré par le respect filial : il
répond avec une franchise apparente : « J'y consens, noble Robert.
Ce soir, à minuit, ajouta-t-il à voix
basse. — O bonheur ! à minuit ! ce
soir ! adorable Agnès, vous serez
donc à moi ! murmura l'impétueux
Robert. Il s'agenouille avec respect,
saisit avec ardeur une des jolies
mains de sa future, et la presse sur

ses lèvres amoureuses. La douce
voix d'Agnès répondit : « A minuit,
ce soir. » Elle se retira dans son appartement.

Robert croit à peine à la réalité
de son bonheur. Serait-il vrai? dans
quelques heures il sera donc le plus
heureux des hommes! Agnès va lui
appartenir! Agnès sera son bien!
Oh! quelle ivresse est la sienne! Quel
doux avenir se déroule devant lui!
Mais un père, Hugues, ce noble père
lui pardonnera en voyant la divine
créature qui daigne partager le sort
de son fils exilé. L'âme remplie des
plus douces chimères, le jeune roi
attend avec la plus vive impatience
l'instant qui doit sceller son union
avec la plus belle des femmes : il
arriva enfin.

CHAPITRE III.

La douzième heure de la nuit allait sonner. Robert de France, accompagné de deux officiers du comte de Flandre, s'achemine vers la chapelle de son palais. Que le silence qui règne dans cet asile sacré à l'instant de l'auguste cérémonie, diffère du tumulte et de la splendeur de celle où il se trouvait il y a quelques mois! L'héritier d'un puissant monarque, le fils d'un duc de France, le fils du célèbre Hugues, au moment de son hymen, se trouve isolé au milieu de quelques étran-

gers! Un soupir s'échappe de la poitrine du prince; sa noble tête fait un
mouvement, et le soupir et le mouvement, tous deux sont donnés à la
France. Arnaud s'avança, donnant
la main à sa fille chérie, qui, parée
de riches vêtemens, et la couronne
des comtes de Flandre sur le front,
paraissait devoir encore embellir le
haut rang où Robert devait la placer
un jour. En la voyant si séduisante
et si belle, il regretta vivement de
ne pouvoir dans ce même instant
la placer sur le premier trône de
l'univers. Ému, profondément touché de ce qu'il appelait sa noble condescendance, il marcha précipitam-
ment au devant d'elle.

Le comte lui remit la main de sa
charmante épouse; Robert s'em-

pressa de conduire Agnès vers les coussins rangés au devant de l'autel; le prêtre commença la cérémonie sainte, et les fiancés répondirent aux demandes consacrées par l'Eglise pour accomplir cet auguste sacrement.

Le *oui* fut prononcé avec transport par le jeune monarque ; tirant de son doigt l'anneau royal de France, il le posa sur le plat d'or où devait se trouver l'alliance nuptiale. Le ministre de l'Eternel bénit la riche bague, et Agnès la reçut avec le plus gracieux sourire... Elle était reine! Le jeune roi est ivre de joie et de bonheur. «O ma tendre et bien-aimée épouse, dit-il en lui donnant le baiser conjugal, puis-je me flatter encore que tu ayes préféré Robert

à cette foule de souverains empressés à solliciter cette main chérie!
moi, dont l'avenir est incertain...
moi, dont un père offensé peut en-
lever les droits à la couronne! O
mon Agnès! quel que soit mon
sort, jamais, jamais je n'oublierai
cette touchante marque d'amour. »
La fille du comte de Flandre avait
froncé légèrement ses sourcils im-
périeux, mais un regard de son père
réprima le courroux qu'ils allaient
exprimer.

« Cher et noble Robert, répondit-
elle avec une légère amertume, comment pouvez-vous soupçonner ainsi
l'équité du généreux duc de France?
quel honneur lui reviendrait-il de
vous déshériter? — Mais mon hymen va lui déplaire...; c'est un obs-

tacle éternel à l'accomplissement de
ses désirs. — Hé bien, ne peut-il
épouser la veuve de Louis ? Il est
veuf, et rien ne s'oppose à son union
avec elle. — Agnès, plutôt que de
manquer à sa parole, il remplira lui-
même l'engagement qu'il avait pris
pour moi. — J'en serai ravie, cher
prince. » Arnaud donna le signal du
départ. Robert prit la main de sa
séduisante épouse, et tout le monde
rentra dans les appartemens du palais.

Quelques jours après cette union,
Arnaud, en l'absence du prince,
se rendit à l'appartement d'Agnès :
après avoir renvoyé ses femmes, et
s'être assurés qu'ils étaient seuls, le
comte eut avec elle un secret entretien.

« Ma fille, lui dit-il, lorsque j'ai
consenti à vous unir au fils de Hugues sans demander son aveu, la politique m'imposait cette loi ; je voulais avoir entre les mains un otage
qui pût faire fléchir l'altière volonté
de ce monarque. Robert en est
adoré : gagné par vos caresses, par
l'ascendant que vous pouvez facilement acquérir sur sa jeunesse et sur
son inexpérience, je pourrai obtenir ce que mon cœur désire depuis
de longues années, l'agrandisse-
ment de mes États, et l'abolisse-
ment de ce honteux vasselage où
sont soumis depuis si long-temps
les comtes de Flandre. Ce sont ces
motifs puissans qui m'ont fait consentir à cet hymen secret... Si je
n'obtenais point ce que je désire, ou

plutôt si le sort trompait la fortune
de Hugues..., qui nous empêcherait
de rejeter son alliance? où sont les
témoins de Robert? mes sujets! Le
temps seul déterminera la conduite
à tenir dans cette occurrence... —
Quoi! seigneur, vous voudriez que
l'héritière de Flandre eût formé une
union déclarée illégitime? — Les
grands, chère Agnès, ne calculent
point les détails de leurs actions...;
ils n'en voient que le résultat. Doi-
vent-ils suivre les erremens du vulgaire? En attendant les suites que
peuvent avoir mes résolutions, en-
chaînez par les plus forts liens
l'âme et le cœur de votre époux...;
prodiguez-lui les marques d'une ex-
cessive tendresse...; enivrez-le d'a-
mour, de volupté: que vous soyez

la souveraine maîtresse de ses pensées ; qu'aucune de ses actions ne vous soit cachée : dirigez ce caractère plein de franchise, de grandeur et de générosité : en un mot, Agnès, soyez tout pour lui ! »

— « Si je ne craignais d'être taxée de vanité et d'orgueil, je répondrais que je règne sur toutes ses facultés : sa tendresse exaltée me touche quelquefois, et ce n'est qu'avec une extrême répugnance que je me soumets à vos ordres, seigneur. — Fille faible et inconsidérée, lorsque vous tendîtes vos filets à l'héritier du trône de France, avez-vous fait ces réflexions ? Je vous l'ai déjà dit ; j'ai besoin d'un otage auprès de Hugues Capet, ou pour me faire rentrer en grâce si mes alliés me trahissent,

ou pour me faire obtenir les dépouilles de ceux qui seront vaincus
par le sort des armes, et que la fortune aura trahis. Charles de Lorraine, et Arnould son neveu, s'a-
vancent pour attaquer l'usurpateur:
je dois me joindre à eux ; mais il
serait urgent que le nom de Robert
fût proclamé à la tête de l'armée :
jugez, ma fille, combien de partisans ce nom ajouterait à notre cause !
— Seigneur, Robert n'y consentira
point. — Vos caresses ne peuvent-
elles le subjuguer? ne peuvent-elles
lui ôter le pouvoir de résister à vos
prières ? Craignez-vous de servir un
père ? — Vous savez, seigneur, si
mes volontés vous sont soumises...;
je puis vous faire part de mes craintes sans vouloir vous trahir... L'hé-

ritier de Hugues éprouve de profonds regrets : dans les momens du plus doux abandon, il me parle des jours où notre vie s'écoulera dans sa chère France...; souvent même, dans ses rêves agités, il prononce le nom de son père... Non, seigneur, il ne consentira point à trahir son roi et sa patrie... — Eh bien ! je trouverai le moyen d'y placer son nom sans qu'il en soit instruit. Veillez sur lui, Agnès ; soyez toujours occupée de ses plaisirs ; ne le quittez pas un seul instant..., et bientôt ce front charmant sera orné de la couronne de France. Adieu, Agnès ; adieu, ma fille : n'oubliez pas les instructions que je viens de vous donner. » Arnaud embrassa tendrement la princesse, et s'éloigna.

Tandis que Robert oublie dans les bras de celle qu'il adore et ses devoirs de fils et ses devoirs de souverain, Arnaud était allé rejoindre les ennemis de la nouvelle dynastie. Charles avait rassemblé ses troupes; ses alliés avaient joint leurs soldats à son armée. Le comte de Flandre arriva, et supplia le descendant de Charlemagne de vouloir bien donner ses ordres pour que le conseil des chefs pût se rassembler sans délai. On les convoqua, et Arnaud leur parla en ces termes :

« Unique héritier du plus grand des monarques, Charles, vous que la destinée trahit de toutes parts, je viens vous offrir et mes services et ceux d'un prince auquel vous devez avoir voué une haine légitime : ce

prince veut combattre pour vous,
seigneur; il vient, préférant la justice à une couronne usurpée, se
placer à la tête des braves qui tra-
vaillent à replacer sur le trône celui
auquel il appartient de droit et légi-
timement. Indigné de la conduite
de son père, il le quitte, il abandonne ses drapeaux, et vient chercher un refuge en mes États. Noble
rejeton de Charlemagne, rejeterez-
vous de vos phalanges généreuses,
Robert, fils de Hugues Capet; Robert de France, Robert qui parta-
gea quelques momens son éphémère
puissance? »

Étonnés, confondus, les assistans ne savent s'ils doivent en croire
ce qu'ils viennent d'entendre; plusieurs doutent de ce rapport; com-

ment pourraient-ils y ajouter foi?
Robert est au plus haut degré de la
fortune; Robert un jour régnera sans
partage sur le peuple le plus vaillant
et le plus magnanime de l'univers, et
Robert de France quitterait de si
précieux avantages pour servir un
prince ennemi mortel de la splendeur de sa famille! Un tel évènement confond leur esprit et leur
jugement. Tous gardèrent le silence.

Arnaud, sans paraître ému de ce
silence offensant, continua ainsi:
« Sans doute ce que j'avance est
hors de toute vraisemblance; mais
cependant le fait existe. Ce jeune
prince a puisé dans les yeux de ma
fille le plus violent amour. Hugues
a rejeté mon alliance; Hugues a
couvert ma famille d'un affront

odieux... Son fils s'est laissé entraîner; son fils a quitté la France, et mes Etats recèlent ce précieux otage. J'ai promis la main d'Agnès s'il voulait concourir à nos glorieux desseins; il hésitait; mais que ne peut une aveugle tendresse? Il consentit... Alors, moi, chef de guerre, j'ai immolé l'honneur de ma maison pour le salut d'une cause sacrée. — Eh! quel parti tirerons-nous de ce jeune aventurier? s'écria Charles. Puis-je donner une confiance illimitée à celui qui abandonne et son père et ses sujets?... Qu'ai-je dit? Sans doute un jour on me fera le même reproche; mais j'avais une excuse : deux jeunes rois étaient mes neveux; ils étaient dans la force de l'âge; tous deux conçurent une

inquiète jalousie contre mes faibles
droits... Indigné, je choisis de nouveaux appuis; aujourd'hui, cette
faute me rejette du trône. Mais
Robert.... — Pardonnez, seigneur,
Robert est jeune...... Robert est
séduit.... Si vous daignez envisager
froidement les avantages que vous
pouvez tirer de sa réunion avec
nous, vous sentirez, vaillans capitaines, et vous surtout, monseigneur Charles, combien sa faute
nous sera salutaire. Les peuples
aiment le changement; en combat-
tant pour vous, prince, et voyant
au milieu de nous le fils de l'usurpateur, ils croiront que Dieu approuve cette guerre. Croyez-moi,
duc, ne rejetez pas ce nom : il
peut jeter la discorde dans le camp

ennemi; lorsque nous aurons vaincu, lorsque nous aurons conquis le
trône auquel il prétend avoir quelque droit, que nous importera sa
destinée? Qu'elle soit brillante ou
obscure, elle nous sera indiffé-
rente... Profitons de sa criminelle
erreur; que le fils devienne la terreur du père, et la conquête de la
France nous deviendra facile. Il est
dans ces remparts; si vous acceptez
ses services, il consent que son nom
soit proclamé à la tête de l'armée;
mais il demande l'insigne faveur de
cacher ses traits, et qu'ils soient
toujours voilés par la visière de son
casque; il ne veut point rougir devant tant de braves guerriers, lui-
même il se rend justice; c'est un hommage qu'il adresse à votre honneur

et à votre magnanimité. Charles, le refuserez-vous? — Si je ne craignais d'offenser un allié qui mérite ma confiance, je rejeterais Robert, fils de Hugues, reprit le descendant de Charlemagne; mais je veux bien le recevoir parmi nous : comte de Flandre, donnez l'ordre que ce jeune homme soit mandé à l'instant; mes braves compagnons et moi nous l'attendons.» Arnaud dit quelques mots à voix basse à son écuyer, qui sortit aussitôt. Peu d'instans s'étaient à peine écoulés, quand un guerrier fut introduit au milieu de l'assemblée.

Sur son bouclier se dessinent mille et mille fleurs de lys d'or; de son casque soigneusement fermé s'échappent de longues boucles de cheveux blonds, et sous sa cotte de maille de l'acier le plus fin, on distingue le vêtement d'azur réservé aux rois de France. Le guerrier salue avec grâce, et prononce ces paroles d'une voix forte et solennelle :

« Je dois avouer que je mérite d'être blâmé de m'unir aux ennemis de mon père; mais, soit faiblesse, soit grandeur, mon âme répugne à remplir une place à laquelle la nature et ma naissance ne m'avaient pas destiné. Je crains, et ne le cèle pas, de ne point voir couronner par le succès les immenses travaux de mon seigneur Hugues : je crains que l'espoir qu'il nourrit secrètement de transmettre à sa race l'héritage des rois francs ne s'évanouisse dans mes mains. Messeigneurs, je viens

donc me ranger sous la bannière du
dernier rejeton du sang de Charlemagne; j'y viens en vous imposant
pour condition du vasselage auquel
je me soumets, moi et toute ma famille, que, lorsque vos armées
triomphantes auront conquis la
France, mon noble seigneur et père
soit rétabli dans toutes ses dignités,
ses charges, ses biens, la puissance
de duc des Français. A ce prix,
voici mon épée, voici mon bras.
Charles de France, acceptez-vous
mes offres? »

Etonné d'un langage qui annonçait une grandeur d'âme que la conduite du prince démentait, Charles
ne se pressait point de faire une
réponse. Surpris du silence du duc
de Lorraine, le jeune homme se

tourna vivement vers le comte de
Flandre. « Seigneur, lui dit-il, d'a-
près vos promesses, je devais attendre une autre réception; que
dois-je penser? M'auriez-vous fait
faire une fausse démarche? Répondez, comte de Flandre. » A cette
interpellation, l'ennemi de Hugues
répondit : « J'accepte les offres de
Robert, fils du duc des Français. »
L'assemblée se sépara, et le nom de
Robert fut proclamé à la tête de
l'armée; les soldats l'accueillirent
par les plus vives acclamations.

Tandis qu'un homme sans honneur et sans dignité couvrait la ré-
putation du jeune monarque d'une
tache indélébile; tandis que tout
entier aux plaisirs, à la tendresse
que son épouse lui avait inspirée,

Robert était loin de soupçonner le
piége horrible où son inexpérience
l'avait entraîné; croyant remplir
son devoir en prévenant son auguste père de l'hymen qu'il venait
de contracter, il venait de charger
un des officiers du comte de porter
au roi de France une lettre où, dans
les termes les plus soumis, il sollicitait son pardon, et le retour des
bontés de son souverain seigneur.
Arnaud avait donné ses ordres; la
missive ne partit point, et Robert,
plein de sécurité, attendait sans
impatience le résultat de cette démarche. Il attendit vainement.

Hugues n'avait point tardé à être
instruit de cet évènement, fatal à sa
famille, à la couronne, à son sang,
et à la renommée du fils qu'il ché-

rissait. Loin de se laisser abattre par
ce déplorable accident, il rassembla
ses troupes, se mit à leur tête, et
bientôt de nombreux succès com-
pensèrent les amers chagrins que
son cœur éprouvait. Mais hélas ! le
sort cessa de lui être favorable.

Les armées de Charles devinrent
formidables ; tous les feudataires,
jaloux de l'élévation de celui qu'ils
nommaient leur égal, envoyèrent
un nombre considérable de vassaux
se joindre aux troupes qui marchaient sous ses ordres. Arnould,
son neveu, Arnould, fils naturel de
Lothaire, bien qu'il fût redevable à
Hugues de l'archevêché de Reims,
oubliant la dignité de son état, celle
de son rang, se plaça à la suite des
troupes de son oncle.

Bientôt on entretint les soldats de
la mésintelligence qui régnait au
milieu de la famille qui avait usurpé
les droits des descendans de Charlemagne ; on fit connaître à l'armée
le guerrier désigné sous le nom de
Robert de France. L'archevêque de
Reims bénit les armes et les drapeaux ; et dans un discours rempli
d'adresse et du plus grand artifice,
il assura la multitude que Dieu
voyait d'un œil favorable les desseins formés contre le nouveau roi
de France. Les troupes y donnèrent
pleine créance, et leur enthou-
siasme, leur bouillante ardeur ne
permirent pas aux chefs de retarder
l'entrée en campagne. On partit, et
les plus brillans succès justifièrent
toutes les prédictions, et couron-

nèrent leur audace téméraire. L'illustre Capet essuya de nombreux échecs et des pertes considérables.

Avant de marcher au combat, ce magnanime prince s'était rendu vers la reine Blanche : « Madame, avait-il dit, vous n'ignorez pas mes peines cruelles, et le crime de mon fils Robert. Epris d'Agnès de Flandre, se croyant lié, je ne sais par quelle promesse et quel scrupule, il vient de quitter mes Etats pour remplir ce qu'il appelle ses engagemens. Je viens donc, reine, offrir à votre beauté, à votre jeunesse, cette main accoutumée à vaincre ; mon front, je le sais, est dépouillé des ornemens qu'il tint de la nature ; mais sa nudité peut se cacher aisément sous les fleurons d'une couronne. Si mon

âge n'épouvante pas le vôtre, si vous
ne voulez point punir le père des fautes de son fils, daignez, madame, ac-
cepter et son cœur et sa foi. Hugues
se trouvera le plus heureux des
rois, si vous daignez pardonner à
son cher et trop imprudent Robert.»

« Seigneur, répondit Blanche, je
dois la vérité toute entière à la franchise de vos offres ; je refuse l'honneur que vous voulez bien me faire ;
un moment j'acceptai la main de
l'héritier du trône de France ; je l'acceptai pour imposer silence aux
bruits odieux répandus sur ma renommée. J'étais assez faible pour en
éprouver le plus violent désespoir. Je
voulais, dans l'avenir qui se dérou-
lait devant moi, faire rougir le peuple de son injustice ; je voulais qu'il

apprît à me bien connaître. Depuis,
j'ai réfléchi. Forte de ma conscience,
mettant une confiance entière en celui qui juge les hommes et qui sait lire
au fond des cœurs, je me suis rassu-
rée. Non, seigneur, je n'accepterai
ni le trône ni votre main. Une reine
qui fut soupçonnée du plus noir des
attentats doit vouer le reste de sa
vie au Dieu qui sait récompenser ou
punir les crimes des mortels. Hugues
de France, l'épouse de Louis vous
remercie de vos offres généreuses. »

Le monarque ayant rempli ce
qu'il devait à sa parole, libre et
dégagé de ce soin, il se livra tout
entier à ses travaux guerriers; il se
mit à la tête de ses troupes, et
marcha aussitôt à l'ennemi.

Cependant, malgré tant d'élé-

mens de succès, malgré sa valeur
et sa bravoure intrépide, Capet se
trouvait blessé si cruellement de ne
recevoir aucun message de ce fugitif si cher et toujours présent à
sa pensée, que le désir de vaincre
fit place au plus funeste découra-
gement. Son ardeur s'évanouit ; son
cœur était trop douloureusement
froissé par une si noire ingratitude
et par un si long oubli de ses bienfaits. Son armée fut vaincue.

D'autres causes politiques vinrent ajouter à ses profonds chagrins. Charles, secondé de ses puissans alliés, entra jusqu'au milieu
de la France ; les succès précédaient
sa marche triomphale ; partout des
traîtres lui livraient les villes qu'il
attaquait ; enfin, il vint assiéger

Laon, ville et forteresse considérable en ce temps, et son armée
victorieuse la cerna de toutes parts.

Plusieurs mois s'écoulèrent pendant ce siége mémorable; enfin,
les assiégés, pressés par la famine
et par toutes les calamités humai-
nes, se trouvèrent réduits au dernier
degré du désespoir : se précipitant
aux pieds de leurs chefs et de leur
évêque, ils les conjurèrent d'avoir
pitié de leurs misères et de leurs souffrances. Les enfans, les vieillards
étaient expirans de besoin; la mort
planait sur toutes les têtes; dans cette
extrémité, on fit des propositions
qui furent rejetées avec mépris.

L'évêque Ascelin obtint cependant que, si la place n'était pas se-
courue sous quelques jours, il se

rendrait, lui et les défenseurs de la
ville. On lui accorda deux journées,
et le prélat en profita. Il envoya
sur-le-champ un messager au monarque pour lequel de fidèles sujets
avaient souffert si long-temps.

Mais Hugues était loin de pouvoir marcher à leur secours ; atta-
qué par le duc Guillaume d'Aquitaine avec des forces considérables,
entouré de feudataires infidèles,
Hugues prévoyait la chute de son
trône ; en vain il adressait au Ciel
des vœux pour le retour de son fils ;
le ciel était sourd à ses prières et à
ses vœux.

Ses vassaux révoltés poussèrent
même l'audace jusqu'à publier des
lettres où ils reprochaient aux Français la violation du serment qu'ils

avaient fait au sang de Charlemagne. Ces discours, ces injures, une
puissante armée, des victoires ré-
centes rangèrent bientôt sous la ba-
nière de Charles une foule de citoyens attachés jadis à la race de
leurs derniers rois.

Oh! quelle douleur pénétra l'âme
de l'auguste Capet, quand ses émissaires lui rapportèrent que son fils
combattait à la tête de ses mortels
ennemis! Un moment sa main royale
se leva vers le Ciel pour prononcer
une malédiction sur ce fils ingrat
et dénaturé; ses lèvres s'entr'ou-
vrirent... Il allait lancer l'anathême,
sa main retomba aussitôt, ses lèvres
se fermèrent, et ce père malheureux ne put que répandre un torrent de larmes. Il ne les cacha

point; et le héros, le fondateur d'une nouvelle dynastie sent qu'il est homme et père, et son noble courage ne rougit pas des pleurs qui coulent sur ses joues flétries par la douleur. Quelques mots s'échappèrent de sa bouche décolorée, et ces mots s'adressèrent au cruel qui abreuvait son âme d'un déplaisir mortel. « Robert, dit-il, Robert, était-ce là la récompense dont tu devais payer l'aveugle tendresse que je ressentais pour toi ? » et ses larmes redoublèrent à cette pensée déchirante.

CHAPITRE IV.

Celui que tout semblait condamner, et qui sans doute le méritait, Robert, enivré de plaisirs, de fêtes, de jeux, uniquement occupé de la belle Agnès et du soin de prévenir ses moindres désirs, ne soupçonnait pas les malheurs de sa patrie. Entouré de surveillans qui écartaient loin de lui les lumières qu'il eût pu recevoir, Robert ne croyait point que sa fuite eût été si funeste à la France et à son illustre père.

Une crainte, cependant, venait troubler sa félicité. Comment, de-

puis près de six mois qu'il avait
quitté le roi, comment ce monarque
n'avait-il pas daigné répondre aux
dernières suppliques qu'il lui avait
adressées? Cet abandon lui causait
souvent une profonde tristesse, que
tout l'amour de son épouse par-
venait difficilement à bannir de sa
pensée.

Pour le distraire davantage, Agnès
ordonnait des chasses, des tournois,
des simulacres de combats. Placée
dans une magnifique tente, elle suivait le jeune Robert à tous ces jeux:
les écuyers avaient ordre d'éloigner
les étrangers de sa personne; et sous
le prétexte spécieux qu'elle espérait
porter dans son sein un gage de leur
mutuelle tendresse, elle exigeait de
sa complaisance qu'il la quittât ra-

rement. Il souscrivait volontiers à cette tyrannie de l'amour.

Laon avait subi la loi du vainqueur : Charles, rassemblant ses troupes, avait donné un assaut général, et l'avait emportée après quelques heures de résistance. En apprenant cette fatale reddition, le monarque des Français crut le moment de sa perte très-prochain.

Cependant il prit de sages mesures pour conserver l'Ile-de-France, resserra son armée autour de Paris, et là attendit que son ennemi vînt l'attaquer.

Charles n'en avait point formé le projet : se renfermant dans la forteresse, il garda prisonniers et l'évêque Ascelin et les chefs, qu'il devait renvoyer d'après une capitulation

particulière. Ce manque de foi al-
téra les esprits de ceux qui venaient
de se soumettre : aussitôt tous les
cœurs revolèrent vers le monarque
que le sort avait trahi ; on forma secrètement des vœux pour rentrer
sous ses lois.

Hélas ! tout semblait abandonner
le noble Hugues. Le duc d'Aquitaine était déjà possesseur d'une partie des bords de la Loire : profitant
de sa victoire, il fit avancer son armée triomphante jusque sous les
murs de Poitiers ; il y forma un
camp, et par sa constance parvint
à réduire et la ville et les troupes
du monarque français à la plus affreuse famine. Affaiblie par le manque de vivres, l'armée de Capet fut
battue en plusieurs rencontres : son

chef, désespéré, employa vainement
et les ordres et l'espoir des récom-
penses pour ramener à lui ceux qui
le trahissaient.

En vain il avait fait précéder son
armée de l'oriflamme et de la chape
de saint Martin : ces reliques sacrées
n'avaient pu ranimer le courage de
ses soldats, qui, se croyant aban-
donnés par la Providence, se bat-
taient avec dégoût, avec noncha-
lance; on ne retrouvait plus en eux
cette valeur, cette froide intrépi-
dité, compagnes assidues du courage français... La famille de Hugues Capet, abandonnée de toutes
parts; cette noble famille, chaînon
d'une race qui devait vivre dans
l'immensité des siècles, cette nouvelle tige royale touchait à l'instant

de disparaître de la scène du monde ;
tout semblait annoncer son anéantissement et sa perte éternelle. Dieu
ne le voulut pas... ; elle vit et pros-
père, et se trouve environnée d'une
gloire immortelle.

Robert promenait dans la Flandre
et dans ses superbes forêts, et ses
chagrins et sa mélancolie : cet amour
qui avait embrasé son imagination
et ses sens, cet amour n'avait point
fait le bonheur de sa vie ; Agnès,
fière, impérieuse, ne pouvait captiver un cœur rempli d'une extrême
délicatesse. Chaque jour le bandeau
qui avait couvert ses yeux se soule-
vait imperceptiblement : ce n'était
pas là ce qu'il avait espéré en s'u-
nissant à sa belle épouse ; il aurait
désiré trouver une âme qui répon-

dît à la sienne; il eût voulu que des
soupirs répondissent à ses soupirs;
il eût voulu que ses pensées eussent
été les siennes. Enfin, que ne sou-
haitait pas le jeune Robert? Sa passion s'éteignait, et sa raison ne
voyait plus que la pesanteur des
chaînes qu'il s'était imposées : la
plus grande froideur remplaçait insensiblement les plus ardens transports.

Un jour, le seul écuyer qui par-
tageait son exil, et qui par attachement le préférait à la pompe de
la cour de France; un jour, Audibert, pâle, triste, et les yeux gon-
flés par les pleurs qu'il avait versés
en secret, se présenta devant son
maître. Robert le considère avec
surprise; il est étonné du chagrin

profond qui paraît le dévorer; il
attend qu'il s'explique : mais son
écuyer remplit ses devoirs sans chercher à rompre le silence, et sans paraître vouloir dévoiler l'amertume
qui déchire son cœur. Le prince se
décide à connaître enfin le sujet qui
semble empoisonner la tranquillité
dont ce fidèle serviteur jouissait.

« Cher Audibert, dit-il, quelle
cause peut ainsi altérer tes traits, tes
traits toujours si calmes et si sereins ?
— Monseigneur, cette cause ne doit
pas être connue de vous, surtout en
ce moment.....—Que veux-tu dire ?
Explique-toi. As-tu quelque regret
de partager le sort de Robert de
France ? Quelque objet chéri te rap-
pelle-t-il aux rives de la Seine ?
Quitte-moi, j'y consens; ne pense

pas que je veuille immoler la félicité, le bonheur d'un homme, d'un
ami, à la passion à laquelle j'ai tout
sacrifié. Va rejoindre ceux que tu
aimes... Va revoir les lieux où règne
mon illustre père. Va revoir cette
France, objet de mon amour, cette
France où mes yeux se sont ouverts
à la lumière, et que j'ai si lâche-
ment abandonnée ! Va revoir ce
brave peuple, va jouir de sa prospérité et de sa gloire... Qui sait,
hélas ! qui sait quand mes pas fou-
leront le sol sacré de ma patrie !
Va... » Les sanglots d'Audibert in-
terrompirent l'époux d'Agnès.....
Robert s'écrie : « Ami ! ami ! que signifie ce désespoir ? Que veulent
dire ces larmes ? Parle, ne me cache
rien, parle. Quelque malheur me-

nace-t-il la France ? — Hélas ! — Audibert, je l'ordonne, je le veux ; ne
me cache rien. » L'écuyer essuya
ses pleurs, et dit :

« Monseigneur, ce matin j'allais
sur la place de la cathédrale ; un
groupe assez nombreux s'y trouvait
assemblé ; je m'approche : les assistans écoutaient avec une attention
profonde un soldat blessé. Je me
joins aux curieux, et j'entends...
Seigneur, pourrez-vous me croire ?
il annonçait les triomphes de Charles
de Lorraine... ; il annonçait la défaite de nos armées... ; il annonçait
la perte de la plus formidable forteresse du royaume... ; en un mot, il
assurait que Laon, surnommée *l'im-
prenable*, était tombée aux mains
des alliés de Charles... Partout, sei-

gneur, partout Hugues est vaincu.. ;
et bientôt cette couronne que sa
valeur, sa prudence avaient placée
sur son front, bientôt cette couronne sera arrachée de sa tête magnanime !.... Tout l'abandonne...
tout...; et son fils, son fils, son héritier, son successeur, est au milieu
de ses plus mortels ennemis ! — Audibert ! — Ce n'est pas tout : connaissez, connaissez quels malheurs
votre fuite a produits...; Arnaud de
Flandre soutient la cause du descendant de Charlemagne... — Arnaud !
— Lui-même. Son armée s'est jointe
à celle des alliés. — Il serait capable
d'une telle indignité ! Non, il ne
peut trahir les liens qui nous unissent...; ce serait le comble de la
bassesse et de l'ignominie ! — Sei-

gneur, entendez la suite de ce récit
funeste. Le peuple de ce comté
ignore votre hymen avec la princesse Agnès... — Il l'apprendra :
moi-même je vais le publier. —Fils
de Hugues, laissez, laissez la fille
d'un traître à son malheureux destin... — J'ai promis. — Eh! devez-
vous tenir ces promesses ? Savez-
vous de quelle flétrissure ils ont couvert votre nom glorieux ? savez-vous
qu'un vil imposteur, sous l'armure
de Robert de France, anime les ennemis contre le pays où vous avez
reçu le jour ? savez-vous que vous
êtes désigné sous le nom de rebelle,
de traître envers la patrie et envers
votre auguste père ? Et vous voudriez avoir quelques ménagemens
pour les vils auteurs d'un si noir

attentat! Ils ne méritent que votre mépris et votre aversion... » Audibert s'arrêta. Robert, frappé d'un coup mortel, chancela; son cœur se serra, tout son sang reflua vers lui, il ne put prononcer un mot ni verser une larme, tant il était blessé profondément. Après quelques minutes de la plus douloureuse angoisse, un soupir s'échappa de sa poitrine oppressée; aussitôt il vola à la chambre de son épouse.

Les traits pâlis par le désespoir et l'indignation, le prince entra brusquement chez Agnès; sa vue la fit tressaillir: sans rompre le silence, il fit signe à tout le monde de s'éloigner; on obéit.

Alors il s'avança vers elle, les bras croisés sur sa poitrine palpi-

tante. « Agnès, dit-il d'une voix
sombre, Agnès, je viens ici savoir
la vérité; me la direz-vous sans sub-
terfuge ? — En doutez-vous, seigneur? répondit-elle avec fierté. —
Est-il vrai que vous m'ayiez trompé ?
est-il vrai que je sois le jouet d'une
trame infâme? Agnès, était-ce là le
prix dont vous payiez mon amour
insensé? Qui, vous, me tromper !
vous, en qui j'avais tant de confiance ! vous, que j'aimais si tendrement ! » Et son regard suppliant
semblait solliciter une réponse qui
s'accordât avec les désirs qu'il for-
mait.

La fille du comte Arnaud jouit
du trouble répandu sur les traits de
Robert. Suivant ses idées, ce trouble
atteste son amour, sa jalousie, et la

puissance que sa beauté exerce sur
cette âme neuve encore : elle sourit, et, avec une coquetterie digne
de son caractère astucieux, lui demande, avec une voix pleine d'émotion, ce que peut signifier un semblable discours. « Femme cruelle,
vous feignez de ne pas me comprendre ! vous rougissez devant la
victime de vos perfidies !.. Votre
père et vous, n'avez-vous pas abusé
de mon inexpérience, de ma cré-
dulité pour me tromper, et pour me
rendre la fable de la France et de
l'Europe ? »

— « Vous m'offensez, seigneur,
par ces reproches injustes. N'êtes-
vous pas l'époux de mon choix ? ne
vous ai-je pas distingué dans la foule
de ceux qui sollicitaient ma main ?

Et quelle est ma récompense! d'o-
dieux soupçons... — Plût à Dieu que
je puisse douter encore!.. — Doutez, doutez, ô mon Robert! mais
nommez-moi celui qui m'a calom-
niée près de vous. Faible jeune
homme, de qui, dans cette cour,
pouvez-vous être jaloux? à qui peut-
on vous comparer pour la grâce et
pour la bonne mine? Robert, cal-
mez-vous, et daignez croire que
votre Agnès partage tous vos sentimens. Rougissez d'avoir osé élever
un seul doute sur elle et sur son attachement... Robert de France de-
vrait-il s'abaisser à ressentir une indigne jalousie?.. — Agnès, désabu-
sez-vous; je vous aime, mais je ne
suis point jaloux : un plus noble
motif a guidé mes pas vers cet ap-

partement. On disait, et l'horreur
que je ressens ne peut s'exprimer...,
on disait que votre père était ligué
avec les ennemis de l'illustre roi de
France...; est-il vrai? — Je ne sais.
Fille soumise, ce n'est pas à moi
à scruter les actions d'Arnaud de
Flandre... — Point de détours, madame. Répondez; votre père a-t-il
marché contre le mien? je prétends
le savoir. — Le comte de Flandre,
dont les États touchent à ceux du
duc de Lorraine, a pu permettre,
dans l'intérêt de ses vassaux, que
les troupes de Charles traversassent
ses domaines; voilà tout. — Voilà
tout! et votre père s'est-il flatté que
j'approuverais cette lâcheté? a-t-il
oublié ce que je dois à mon pays?
a-t-il pu croire que je le souffrirais?

— Prince! vous n'êtes pas ici à la cour de Hugues; vous êtes dans celle du comte Arnaud. — Eh! qu'importe? ici, comme à la cour de France, je dois m'élever contre tout ce qui blesse l'honneur. — Ici, tout obéit à mon père. — Madame! ici, j'ai droit de commander; je suis votre époux. — Seigneur, mon peuple l'ignore. Que penserait-il de cet emportement? — Agnès, Agnès, ne m'irritez pas davantage... On dit encore que le monarque français est réduit aux dernières extrémités; que le duc de Lorraine, Charles de France, est possesseur d'un grand nombre de villes et de forteresses. — Il est vrai. — Et c'est de la main de votre père que sont partis les coups qui frappent le mien? — La

politique ne connaît point de parens, de famille... Hugues de France
n'a-t-il pas blessé le mien dans ce
qu'il avait de plus cher?.. n'a-t-il
pas rejeté avec dédain l'alliance de
la comtesse de Flandre avec son héritier?.. — Eh! pourquoi, si vous
étiez offensée si cruellement, pourquoi m'avoir accordé votre main?
Avait-il oublié le refus de mon
père?.. — J'ignore ses motifs...; je
vous aimais...; mon père a voulu
mon bonheur... — Agnès, dis, pour-
rions-nous être heureux à l'instant
où mon imprudente conduite fait
tomber sur la France un déluge de
malheurs?.. Chère Agnès, parle à
ton époux avec confiance; arrache
de son cœur le poids fatal qui l'op-
presse......; dis-lui s'il est possible

que ton père ait osé placer un fantôme de prince à la tête de ses guerriers....; qu'il porte le nom de Robert. — Je sais qu'un jeune écuyer se nommait ainsi...; je ne sais rien de plus... — Robert, Robert est un nom qui n'appartient qu'à ma famille : il nous fut transmis par les rois suèves dont nous descendons...; aucun homme, s'il n'est issu d'un sang illustre, n'a droit de le porter...; aucun prêtre ne le lui consacrerait à l'instant où il recevrait le baptême... Agnès, je t'en conjure par cet enfant qui respire en ton sein, détourne Arnaud de l'armée des alliés...; qu'il défende mon père... Je t'en supplie...; laisserons-nous dépouiller son noble front du diadême?.. Agnès, ton père te chérit; il ne refuse rien à tes larmes, à tes prières...; songe que c'est l'héritage de tes enfans... — Mes enfans! dit-elle avec un sourire forcé. — Oui, chère épouse. — Suis-je reine de France? Qui sait' ce que le sort réserve à Hugues de France? — Agnès, il mourra comme il a vécu, digne du rang où il était monté. Qu'un messager, porteur d'une missive, se rende au camp!.. Prie, presse Arnaud de se rendre à la justice, à ce qu'il se doit, et à ce qu'il doit à son gendre. — Je souscris à ce que vous désirez, prince; je vais écrire. » Robert sortit.

Audibert attendait son maître dans la plus grande perplexité : il connaît la bonté de son cœur; il a

deviné les ruses dont Agnès s'est
servie pour assurer son empire sur
sa jeune âme; il craint qu'abusant
de l'attachement qu'il ressent pour
elle, la princesse ne s'en serve encore pour achever de le perdre auprès du magnanime Hugues.

Robert vint le retrouver. « Eh
bien! seigneur, qu'avez-vous ré-
solu? demanda le fidèle serviteur.
— Rien encore, ami. Agnès va
écrire à son père pour s'informer si
les bruits répandus ici sont vérita-
bles... — Et vous attendrez le retour du messager, seigneur! — Je
le crois. Aussitôt qu'il aura remis la
réponse d'Arnaud, j'irai combattre
à côté de mon père... — Et vous
recevra-t-il, seigneur? pensez-vous
qu'il ne doive pas être profondé-

ment blessé de votre conduite?..
Vous le quittez, vous lui annoncez
votre hymen : en le contractant,
vous vous rendîtes coupable de la
plus forte désobéissance, et vous
croyez tout réparer en allant combattre près de lui! Ce n'est pas tout
encore : celui pour lequel vous l'offensez est au milieu de ses ennemis;
il a contribué à ses malheurs...; de
plus, Robert, Robert, son fils chéri,
s'est mêlé parmi les rebelles... —
Mais je n'y suis pas. — Peut-il le
savoir? Cependant en êtes-vous
moins criminel? Que faites-vous
ici? Vous languissez dans un honteux repos...; une femme absorbe
ces grandes qualités qui déjà vous
rendaient un objet de respect et
d'amour pour le peuple français,

Réveillez-vous, prince, réveillez-
vous ; sortez de ce léthargique repos ; redevenez digne de commander à la plus brave nation de l'univers ; montrez à votre auguste père
que, si vous commettez des fautes,
vous savez les réparer... Votre jeunesse a été abusée... ; redevenez
homme et monarque : que cette
faiblesse vous apprenne à vous défier de vous-même...; quittez ces
lieux..., ces lieux où l'on ne craint
pas de vous déshonorer. — Audibert, ce langage est trop dur ; mais
habitué à te respecter, habitué
à trouver en ton amitié un guide
sage, je ne m'offense pas de la vérité que tu me fais entendre : cependant, permets à ton élève d'expliquer ses sentimens. Je pense donc

que le comte de Flandre, entraîné
par la crainte ou peut-être par l'ambition, ne se sera point trouvé assez
puissant, assez fort pour résister
aux alliés de Charles... — Que ne
se liguait-il avec votre illustre père?
quels motifs peuvent justifier sa conduite? que peut-il objecter pour co-
lorer ses méfaits envers son souverain, et surtout envers vous?..—Tu
es dans l'erreur, ami; les circonstances déposent contre lui. Mais,
que lui servirait de nuire à Hugues?
En ruinant son pouvoir, c'est ruiner celui qui m'attend... Ne suis-je
pas son gendre? — Que vous connaissez mal, seigneur, les grands
sur lesquels le duc de France l'em-
porta! pour satisfaire leur haine,
ils sacrifieraient famille, enfans, re-

nommée, honneur; pour abattre son
pouvoir ils sont capables de tous
les crimes... Peuvent-ils ne pas porter envie à sa prospérité? Son grand
caractère, son courage ont séduit
les Français... Ils doivent donc, ces
feudataires, autrefois ses égaux, s'é-
lever contre lui, et s'opposer à sa
grandeur et à celle de son auguste
race... Ils se liguent entre eux : dans
cette lutte fatale, ils espèrent dé-
membrer l'État, ils espèrent s'enri-
chir de ses dépouilles...; voilà leur
but. Hélas! la fortune abandonne le
plus généreux des princes; et vous-
même, jeune imprudent, avez servi
leurs coupables desseins...; vous-
même avez contribué à ses revers...
— Arrête, ami, arrête! je ne puis
entendre ces sanglans reproches...

Je vais partir, je le dois..., je le veux...; arrache-moi de ces lieux. Si je revois Agnès, je ne réponds ni de ma fermeté ni de mon courage...; non, je ne pourrais voir couler ses larmes sans que mon cœur fût déchiré... Audibert, arrache-moi d'ici..., je t'en conjure...; c'est moi qui dois réparer les maux dont je suis la cause... Oui, noble Hugues, oui, je les réparerai... France chérie! tu ne rougiras plus de celui qui doit te gouverner un jour... Tu me demandes un grand sacrifice, inexorable honneur! je l'accomplirai... Adieu, mon Agnès, adieu...; pardonne à ton amant, pardonne à ton époux... Mais le devoir commande...; immolons-nous..., il le faut... Audibert,

je t'en supplie encore, arrache-moi
de ces lieux..., de ces lieux qu'embellit celle que j'adore... Partons...;
allons vers le camp du comte de
Flandre. »

Robert espérait peut-être quelque
retard à l'exécution de sa promesse;
il aimait, et l'amour ne se berce-t-il
pas de chimères? Au moment d'accomplir les plus sages résolutions,
au moment de briser des liens
trop chers, sa pensée lui retrace
tous les plaisirs qu'il a goûtés, toutes les marques de tendresse qui lui
furent prodiguées; il revoit les
charmes d'Agnès; il se rappelle son
état, sa situation, qui mérite des
égards; il hésite, et va retirer sa
parole; mais Audibert paraît tenant
par la bride deux coursiers. Robert

rougit, et ne retrouve pas la force
de se rétracter.

« Partons, prince, dit-il, partons ;
plus notre âme éprouve une vive
angoisse, plus il faut mettre de fermeté pour la combattre ; si Agnès
vous chérit véritablement, si elle
préfère votre gloire à la satisfaction
de vous voir à ses côtés, elle ap-
plaudira à cette noble conduite. Venez, prince, venez, fils du plus
grand des monarques, venez. »

Robert se laisse conduire; sa main,
en frémissant, prend la bride fatale ;
il monte avec lenteur sur le dos du
belliqueux animal, et son œil baigné
de pleurs se tourne vivement vers le
palais habité par sa chère Agnès....

« Adieu, dit-il, encore une fois,
adieu.... Quand te reverrai-je, ô ma

bien-aimée ! Puis-je savoir quel sera mon sort ?... O mon illustre père ! ô France ! à quelle épreuve mettez-vous et mon courage et mon peu de vertu ! » Honteux de ce qu'il vient de prononcer, honteux de sa faiblesse, il enfonce l'aiguillon dans le flanc du coursier, il part, et bientôt un nuage de poussière le dérobe à tous les yeux, et lui dérobe aussi les murs où respire l'héritière de Flandre.

Son écuyer ne le quitta pas un seul instant ; il craignait les transports de la passion dont brûlait son royal élève ; seulement il eut soin d'échanger sa riche armure, et de lui en substituer une plus simple et sans le moindre ornement. Il en avertit le prince, et lui fit connaître

qu'il fallait parvenir dans le camp
ennemi sans qu'on pût soupçonner
ni sa naissance ni son rang. Robert
approuva la mesure prise par le
sage Audibert.

Laon parut bientôt à leurs yeux ;
autour de la montagne où s'élevaient
ses murailles, les voyageurs découvrirent toute l'armée alliée ; ils se firent enseigner le quartier du comte
Arnaud ; on le leur indiqua, et bientôt ils atteignirent l'enceinte où ses
troupes étaient campées. En approchant de la tente du souverain , la
sentinelle leur en interdit l'entrée.
Robert, d'une voix imposante, dit :
« Messager d'Agnès de Flandre. »
A ce nom, le guerrier baissa sa
lance, et le fils de Hugues entra
chez celui qu'il croyait encore digne

de son estime et de son amitié.

Arnaud se leva avec fureur en voyant entrer un soldat inconnu; il était seul, et peut-être sa conscience inquiète lui inspirait-elle quelque crainte. « Audacieux, s'écrie-t-il en brandissant son glaive, qui te donne la témérité de te présenter devant moi? » Robert s'est armé, et soulevant la visière de son casque, répond à cet emportement : « Seigneur Arnaud, n'ayez aucune frayeur; regardez-moi. — Vous, seigneur, vous, Robert, en ces lieux! Savez-vous quels dangers vous pouvez y courir? — Je les connais; mais, seigneur, Robert de France, quoique bien jeune encore, ne pâlira point devant eux, et ne les fuira pas; d'ailleurs, ne suis-je pas sous votre tente, sous la sauve-garde de celui qui m'a donné sa fille?—Mon pouvoir est bien faible au milieu de ce camp.— Arnaud de Flandre, laissons ces périls réels ou imaginaires, et répondez aux questions que je vais vous adresser. — Qui vous donne le droit de m'interroger, fils du duc de France?—Hugues est votre roi, et vous êtes son vassal. — Au milieu du camp de Charles, vainqueur de Hugues, je ne crains ni vos menaces ni les siennes. Parlez, jeune téméraire, je veux bien encore répondre à vos questions; parlez.—Pourquoi vous êtes-vous ligué avec les ennemis de votre souverain?—Mon intérêt, mon ambition le commandaient.—Pourquoi n'avoir pas joint vos troupes à cel-

les de la couronne de France?—
Celui qui les commande sait-il récompenser ceux qui le servent et
ceux qui l'ont servi?—Que vouliez-
vous de sa royale munificence? —
Je voulais que mes Etats fussent
agrandis; je voulais marcher son
égal; je l'obtiendrai de son vainqueur..... —Ainsi, pour vous récompenser d'avoir rempli votre devoir, il fallait que mon illustre père
dépouillât quelque vassal fidèle... Il
fallait qu'il commît une injustice.
Seigneur comte, Hugues de France
saura combattre sa mauvaise fortune; bien plus, il en triomphera.
Eh! que pouviez-vous souhaiter de
plus? votre fille est mon épouse. Un
jour, son front portera la couronne
de France. — Depuis six mois, votre

père n'a point ratifié cette union ;
votre père vous abandonne à votre
sort, et, comme un vil proscrit,
vous laisse errer dans les cours qui
veulent bien vous accorder l'hospitalité. — Insolent ! s'écrie Robert
en tirant son épée. Voilà donc le
prix de ma noble confiance !... Des
outrages! Tout est éclairci ; vous
êtes un rebelle...—Robert, songez-
vous que je puis disposer de votre
liberté? Je pourrais vous livrer en
otage au duc de Lorraine. — Vous
ne l'oseriez pas. Quel est celui de
vos guerriers qui aurait l'audace de
mettre une main téméraire sur l'oint
du Seigneur? Arnaud, je vous connais et vous méprise ; je vous quitte,
je quitte un traître, et ne le crains
pas. » Le jeune monarque, indigné,

s'éloigna de la tente de celui dont il avait tant à se plaindre. Arnaud n'osa pas le faire poursuivre ; il resta anéanti.

Le comte de Flandre avait été singulièrement étonné de la subite arrivée du prince ; depuis quelques jours il regrettait amèrement l'alliance que sa fille chérie avait contractée. Charles de Lorraine voulant s'assurer un allié aussi puissant, l'avait flatté de son hymen, et l'ambitieux père n'avait point refusé cette offre brillante. Tout prospérait au vainqueur ; Reims, Soissons, toute la Picardie était en son pouvoir, et Charles sollicitait vivement l'onction sainte de l'archevêque qui avait sacré le monarque Hugues. Tant de brillans avantages faisaient désirer au

comte que sa chère Agnès fût encore
libre. Il est vrai que l'union était se-
crète ; que ceux qui en avaient été les
témoins étaient ses créatures et ses
sujets ; ainsi, il lui serait bien facile
de détruire l'acte qui le constatait.

«Viens, dit Robert à son ami ;
viens, je dois tirer une justice éclatante du plus cruel affront ; viens. »
Piquant son coursier, il le dirigea
vers les troupes qui entouraient la
ville et la forteresse de Laon.

« Soldat, dit-il, enseigne-moi où
se tient celui qu'on nomme *Robert
de France ?* — Là, près de ce co-
teau où sont placés ces arbres ver-
doyans. Sa tente est celle que tu
vois surmontée de l'oiseau vigilant
que la France prend pour emblême ;
vois, guerrier, vois ce coq orgueil-

leux battant l'air de ses ailes, et de son chant aigu paraissant défier l'ennemi de le surprendre. Cependant, nous avons trompé son audace; il est presque abattu.... — Ami, reçois mon remercîment, dit le prince en s'éloignant. Le prince rougit et frémit. Il était ulcéré jusqu'au fond de l'âme par ce qu'il venait d'entendre.

Il avançait rapidement vers le lieu indiqué, quand un guerrier couvert de la tunique azurée, le casque ombragé de plumes blanches et entouré du bandeau orné de fleurs de lis d'or, s'offrit à ses regards. Robert s'arrête; son âme éprouve un mouvement de la plus violente indignation; mais il dompte sa colère, et s'approchant du guerrier, il dit

avec un calme apparent : « J'ai besoin de te parler, viens. Eloigne-toi
de ceux qui t'entourent; viens. —
Qui es-tu? — Que t'importe? prends
ton épée; voici la mienne. Si tu es
réellement le fils de Hugues, tu ne
peux craindre un homme ; marchons. Le guerrier suivit Robert,
qui le conduisit vers les bords d'une
rivière ombragée de saules et de
plusieurs massifs d'arbres touffus.

« Ici, dit le prince, je puis m'expliquer en pleine liberté; ici je
puis, à la face du ciel, me venger
du plus sanglant outrage. Lâche
vassal, s'écrie Robert en lui arrachant le casque d'or qui couvrait
son front; lâche vassal, de quel
droit portes-tu cet ornement, que
ta bassesse déshonore ? » Le guerrier

insulté si cruellement tira son épée
du fourreau, et répondit : « Téméraire, cet affront sera lavé dans ton
indigne sang!—Frappe, si tu l'oses,
frappe; mais sais-tu quel est celui
qui se trouve seul avec toi? Sais-tu
que celui qui veut bien ne pas imprimer sur tes traits le sceau de
l'infamie, est Robert de France.....
Robert, dont la bassesse usurpe le
nom? » A ces mots, le guerrier reste
interdit. « O courage! s'écrie-t-il; ô
grandeur! Misérable que je suis!...
Prince, j'embrasse vos genoux; j'ai
mérité la mort.... Punissez-moi. Je
le sais, je suis indigne de la vie. Cependant, ne croyez pas que cette
main se soit conduite avec lâcheté;
cette main a combattu, et quelquefois elle fut victorieuse. — Et c'était

contre les miens que tu acquérais
quelque gloire! Tu chargeais mon
nom d'infamie; tu me couvrais de
déshonneur; j'étais nommé parricide, ingrat... Réponds, réponds,
que mérite un si grand forfait? —
Je vous l'ai dit, la mort. — La mort!
insensé! crois-tu que ce bras, si
jeune encore, puisse se souiller d'un
meurtre?.... Oui, je pourrais me
venger; je le devrais; mais, en me
baignant dans ton sang, en serais-je
plus grand, plus magnanime? L'offense que tu m'as faite est des plus
graves; elle entachera peut-être mon
nom dans la postérité... N'importe,
Dieu connaît le fond de mon cœur,
et sait si je suis coupable. Quant à
mon auguste père, je veux, par mes
actions, par mes travaux, mes res-

pects, réparer les torts dont tu m'as
couvert à ses yeux. Un jour sans doute, un jour je pourrai le convaincre
de mon innocence.... Relève-toi, je
te pardonne. — Seigneur, ordonnez
de moi, ordonnez de ma vie; ne
croyez pas que ce soit la crainte de
la mort qui me dicte ces paroles.
Non, c'est la grandeur de votre
âme, c'est sa noble générosité; c'est
la honte dont j'étais poursuivi, c'est
le remords. Généreux Robert, je
suis à jamais votre esclave, votre
serf... Puissé-je vous faire oublier
mon crime; puissé-je réparer les
maux que j'ai causés! Oui, prince,
fussiez-vous tombé dans la plus déplorable infortune, fussiez-vous au
faîte des grandeurs, dans toutes les
circonstances de votre glorieuse vie,

je vous serai fidèle; éprouvez moi.
Rien sur la terre ne pourra me détacher de vous... Et je voulais priver
vos sujets d'un roi si magnanime!
Vertueux Robert, daignez écouter le
récit des moyens qui furent em-
ployés pour me séduire :

« Né dans les Etats du comte
de Flandre, ma famille, sans
être aussi illustre que la sienne, est
cependant d'un rang assez élevé;
dès ma plus tendre jeunesse je fus
placé, en qualité de page, auprès
de sa personne; de l'âge d'Agnès à
peu près, notre enfance s'écoula
dans les mêmes jeux, dans les mêmes
plaisirs. Je la voyais chaque jour, à
chaque instant; je la voyais, et je
l'aimai.... Que dis-je, aimer! c'est
peu; je l'adorai... Quelle que soit

l'abjection où je suis tombé, accablé
sous le poids de l'infamie et de la
honte..., je ne sais si je dois regretter
mon malheur.... Hélas! ne l'a t-elle
pas voulu? ne me l'a-t-elle pas commandé? Agnès, pour toi j'aurais
donné ma vie.... Ah! je t'ai plus
donné, je t'ai sacrifié mon honneur.
— Que dis-tu, malheureux? Agnès
aurait ordonné un semblable forfait?
Agnès... — Son père le voulait...;
j'hésitais...; de sa voix si douce elle
me dit : Raimond, oserez-vous dé-
sobéir au père d'Agnès, à votre souverain seigneur? Je cédai; elle avait
parlé. — O fatale beauté! ô perfidie!
ô crime! Femme cruelle!... Vassal
d'Arnaud, tu imposes à Robert de
France.... Ce que tu dis est impossi-
ble... — Voilà mon cœur. Frappez!

I.

7

frappez, prince, si vous pensez que mes lèvres profèrent un mensonge; frappez! je vous devrai la paix éternelle, la paix bannie depuis si long-temps de mon âme déchirée... — Achève, achève; détruis sans retour l'illusion dont mes yeux étaient couverts; achève.

— J'osai, pour prix de mon dévouement, demander la main d'Agnès; je confiai à son père le brûlant amour dont j'étais dévoré. Il me promit qu'au retour de la guerre qu'il allait entreprendre, je deviendrais l'époux de celle que j'adorais. Je le crus. L'amour est si crédule qu'il aime à se persuader ce qu'il désire; je le crus, et partis sous le nom de *Robert de France*. L'armée m'accueillit avec les transports de

la plus vive allégresse. Ah! seigneur, que de fois la rougeur a couvert mon front! que de fois, dans
le silence des nuits, les yeux fixés
sur la voûte céleste, j'ai déploré ma
faute! que de fois j'ai gémi! Mais
Agnès se présentait à mon imagination avec tous ses charmes, avec
tous ses attraits. Je rêvais le bonheur, et cet éclair de vertu s'éva-
nouissait.

—Et le comte ne vous a rien dit
des nœuds qui m'unissaient à sa
fille?—Quels nœuds, seigneur?—
Un hymen secret lie son sort au
mien.—Prince, par pitié, ne vous
jouez pas de ma misère, de mon
désespoir....Vous avez dit...—Que
Robert de France était l'époux de
l'héritière de Flandre... Je l'ai dit.

—O malheureux Raimond ! rien ne
manque à ta destinée ! Jouet infortuné de deux perfides, tu es courbé
sous le poids de l'infamie, et tu n'en
recueilleras aucun fruit..... Objet
d'horreur, que te restera-t-il désormais ? Ah ! prince trop généreux,
ayez pitié de ma douleur cruelle...
Je dois être un monstre à vos yeux ;
mais je le jure à ce Dieu qui
nous entend, je le jure, je me dé-
voue entièrement à votre service.
Hélas ! comme moi vous fûtes trompé...—Oui, mais plus j'ai à rougir
de ma confiance trahie, plus mon
âme se relève.... J'abandonne cette
Agnès, cause de toutes mes erreurs ;
je l'abandonne. Qu'elle pleure sa
honte et ses perfidies... Quant à toi,
malheureux Raimond, j'accepte ton

dévouement ; oui, pour toujours, à la vie, à la mort. — Dieu ! reçois le serment que je fais ; j'appartiens à Robert de France, à la vie, à la mort. — Raimond, je compte sur toi ; notre sûreté exige que nous dérobions notre intelligence à ceux qui nous environnent. Représente toujours le prince des Français ; mais il faut travailler efficacement à réparer tes torts.—Oui, seigneur, aux fourbes opposons la fourberie.—Je ne veux pas tromper ; je ne veux employer que la droiture et la vérité. S'il m'est possible de rendre quelques importans services à la cause de mon père, je veux n'avoir point à rougir des moyens dont je me servirai. Séparons-nous ; un plus long entretien éveillerait les soupçons

du comte de Flandre, de notre ennemi commun. Adieu, Raimond,
adieu; je me fie à ton honneur, à
ta loyauté. Demain, à l'aube du
jour, tu me trouveras au second
taillis de chênes; Raimond, deviens
un serviteur fidèle. Je t'attendrai.—
J'y serai, monseigneur. » Ils se sé-
parèrent. Robert de France fut rejoindre Audibert, et lui rendit
compte de ses démarches. Celui-ci
le blâma de son imprudence. Bientôt après ils se concertèrent sur un
projet que le prince avait conçu. Le
sage écuyer l'approuva.

CHAPITRE V.

—

Le soleil commençait à dorer le sommet des collines; les arbres se couvraient de cette légère teinte vaporeuse, avant-coureur du jour qui va paraître; les oiseaux sautillaient de branche en branche, et faisaient entendre ce doux gazouillement précurseur aimable de chants plus harmonieux. La nature, en un mot, se réveillait et plus calme et plus majestueuse.

Robert de France venait de quitter l'humble couche qu'il devait à l'hospitalité d'un laboureur; suivi d'Audibert, il s'achemine vers le taillis qu'il avait indiqué. Le silence qui régnait dans les chemins qu'ils parcoururent, les idées sinistres que la nuit et le repos avaient apportées à leurs esprits, firent craindre aux deux guerriers que le vassal du comte Arnaud n'eût trahi la promesse qu'il avait faite. Ils se trompaient ; Raimond les attendait. Le fils de Hugues, honteux des soupçons qu'il avait formés, s'avança vers lui, et lui tendant la main avec amitié :

« Raimond, dit-il, voici le digne écuyer de mon père ; voilà celui qui ne m'a point quitté depuis mon enfance ; mon amitié, ma confiance en lui sont sans bornes ; je ne lui cache jamais les fautes que j'ai com-

mises; quelquefois même il les connaît avant qu'elles n'aient eu leur
exécution ; il les combat ; s'il ne
peut vaincre mon obstination, il les
partage, certain qu'il trouvera l'instant propice de m'en faire rougir.
Audibert est un ami véritable ; mais,
Raimond, parlez-nous sans mystère ;
n'ayez aucune arrière-pensée, dites
sans détour s'il n'est aucun moyen
de réparer les malheurs que votre
présence a causés à la gloire et à la
puissance de mon auguste père ?
Dites, soupçonnez-vous quelque
seigneur, quelque prélat, quelque
chef de guerre secrètement attaché
au parti de Hugues Capet ? Puis-je
espérer que quelques-uns penchent
pour lui, qu'ils voudraient faire cause
commune avec sa vaillante armée,

et relever le trône que votre imprudence a ébranlé jusqu'en ses fonde-
mens ? Dites-nous ceux qui vous
voyaient avec indifférence, et ceux
qui accueillaient avec amitié celui
qui trahissait et son père et son
pays. Parlez; vous me devez une
entière franchise. »

« Seigneur, répondit Raimond en
rougissant, je mérite vos reproches;
mais j'ai juré de mourir pour vous
et pour votre service. Il est vrai, les
alliés, les chefs de guerre me rece-
vaient avec les plus grands égards;
tous me marquaient une déférence
dont j'étais confus : cependant un
seul homme, un seul dont la puissance est égale à la vertu, celui-là
seul ne m'a donné que des marques
de dédain et de mépris... — Son

nom, son nom, Raimond! — Son
nom est Ascelin, évêque de Laon,
prisonnier de Charles de Lorraine.
— Vénérable ministre du Très-
Haut, tu as deviné mon âme; tu as
jugé que Robert de France ne pouvait et ne devait commettre une telle
bassesse. Continuez. — Seigneur,
loin de ployer sous le joug auquel il
était soumis, son adresse a su captiver la confiance de son vainqueur;
lui seul gouverne, lui seul sème les
plaisirs sous les pas de Charles : on
dirait que toute sa conduite ne tend
qu'à augmenter le nombre des mé-
contens et de ses ennemis. — Con-
duis-moi vers lui, Raimond; je veux
le voir et lui parler. Ah! s'il voulait
se rattacher à la cause de mon père!..
Marchons vers Laon, et introduis

moi près de ce digne prélat. Raimond, il est nécessaire, pour le salut de notre entreprise, que l'on te croie toujours le personnage sous lequel on te désigne. Viens, viens. » Et le fils de Hugues, montant son coursier, devançait par son impatience celui auquel il confiait et sa vie et sa liberté. Raimond partit enfin.

Arrivés aux portes de Laon, Raimond se nomma; les ponts-levis s'abaissèrent, et les sentinelles n'opposèrent aucun obstacle à son entrée dans la ville. Robert le suivait; et malgré les prières de son sage écuyer, le prince ne voulut point consentir qu'il les accompagnât chez l'évêque Ascelin.

Robert avait la visière de son casque soigneusement baissée. Le

peuple, toujours curieux, regardait
le personnage qui représentait le fils
de Hugues, avec une impertinente
curiosité. Quelques citoyens dési-
gnaient le guerrier qui le suivait
comme un homme supérieur dans la
science de conduire un coursier;
surtout sa bonne mine était le sujet
des discours de la foule étonnée.

Ils aperçurent le palais épiscopal :
à l'entrée principale se trouvait un
homme d'armes, vêtu de la casaque
des hommes d'armes de France : les
fleurs de lis d'or dont elle était parsemée, et sa couleur royale, firent
palpiter le cœur du prince. « Juste
Ciel ; pensa-t-il, j'étais donc réservé
à contempler une semblable indignité ! Ces guerriers appartiennent
à l'ennemi mortel de mon auguste

père! ils sont là, et tout annonce que
l'usurpateur croit son triomphe assuré, et d'avance jouit de notre abaisse-
ment : non, il n'en sera pas ainsi; ce
cœur bat encore, et cette main peut
encore soulever une épée. » Telles
étaient les pensées du jeune roi.

Raimond conduisit le prince vers
une aile occupée par le vertueux Ascelin : aucun garde, aucun serviteur n'empêchaient qu'on pût ap-
procher de ce respectable serviteur
de l'Éternel ; seulement un enfant
destiné à la cléricature était placé
à la porte de son appartement : il
annonçait ceux qui voulaient être
admis en la présence de ce vénérable consolateur des affligés, et de
ce digne soutien des malheureux.
Bientôt ils furent introduits.

Aucune riche tenture aucun meuble somptueux ne décoraient la chambre qu'il habitait ; une noble simplicité annonçait l'homme détaché des grandeurs mondaines : quelques siéges grossiers qui erraient sous les vastes lambris ; une seule table, où l'on voyait l'Évangile sacré et quelques feuilles de parchemin, composaient tout l'ameublement.

Au nom de Robert de France, le prélat s'était levé ; sa tête majestueuse, couverte de cheveux blancs, était découverte : mais, loin de s'avancer au-devant du prince, Ascelin resta debout près du siége qu'il occupait.

L'air sévère avec lequel il les reçut intimida cruellement Raimond ; ses lèvres ne purent prononcer un mot, sa langue se glaça, et, tremblant, incertain, il était semblable au criminel qui attend l'arrêt que doit prononcer le juge maître de sa destinée.

Après quelques instans de silence, Ascelin, d'une voix imposante, dit : « Que souhaite de moi le prince de France? que veut-il? je ne crois pas qu'il soit en mon pouvoir ou en ma volonté de faire quelque chose qui lui soit agréable. Que me veut-il enfin? et que peut-il y avoir de commun entre lui et moi? qu'il s'explique; il le sait, mes momens ne m'appartiennent pas. — Je viens, seigneur évêque, répondit Raimond, solliciter à vos pieds le pardon de mon crime...; daignez avoir quelque indulgence, quelque pitié...

— Relevez-vous, seigneur, relevez-
vous; cette posture convient mal au
fils du grand Hugues Capet... Quel
avilissement ! quelle faiblesse ! —
Digne Ascelin, épargnez-moi. — J'y
consens ; mais l'univers m'imitera-
t-il ? la postérité absoudra-t-elle
Robert de France de son forfait?
Serviteur de l'Éternel, je dois lui
pardonner, je dois même prier pour
lui... Puissent, grand Dieu, mes
prières effacer l'opprobre dont il est
couvert ! — Le fils de Hugues de
France l'effacera par ses travaux,
seigneur évêque, s'écrie avec chaleur le véritable Robert; il l'effacera! j'en prends le Ciel à témoin...
— Téméraire ! oses-tu bien élever
ainsi la voix devant un ministre de
l'autel?.. Laisse, laisse à ce prince

le soin de sa défense...; il a commis
la faute..., que son repentir en ef-
face jusqu'à la dernière trace!....
mais, jeune écuyer, ne te charges pas
de justifier un coupable... Le temps
seul peut changer sa destinée; puisse-t-il de même changer l'opinion
des hommes loyaux et généreux!...
Prince, je vous absous, vous pardonne, si vous pouvez vous pardonner vous-même. Que de brillantes
actions, qu'un nouvel avenir enlève
la tache dont vous êtes flétri! Allez.
—Seigneur évêque, reprit Raimond
en tremblant, vos reproches n'éga-
lent pas ceux que je me fais à moi-
même...; mes pleurs..., mes éternels regrets... — Ne pleurez pas,
prince; versez votre sang jusqu'à la
dernière goutte pour reconquérir la

couronne que votre déloyauté a presque ravie à votre illustre père... —
Le bras, l'épée, le sang de Robert
de France laveront les affronts que
des traîtres ont déversés sur Hugues
de France...; la trahison recevra sa
récompense, j'en atteste le Dieu qui
mourut sur la croix... — Qui es-tu
donc, jeune guerrier, pour répondre ainsi de ton maître?.. — Je ne
réponds que de moi, seigneur évêque; je suis Robert de France! re-
gardez, il est devant vous. » En disant ces paroles, il ôte son casque;
ses beaux cheveux se déroulent en
boucles sur ses épaules : son teint
animé, la vivacité de son regard,
sa beauté, la noblesse de son maintien, sa dignité, tout, tout sur-
prend Ascelin ; il considère avec

étonnement celui qui vient de se
dévoiler à ses yeux ; il le contemple
avec orgueil et complaisance : enfin,
après quelques minutes, il joint les
mains, et, les appuyant sur sa poitrine, il dit avec une onction touchante : « Mon cœur me l'avait assuré ; le sang de Hugues Capet ne
pouvait faillir ! Brave Robert, généreux enfant, ne craignez-vous
rien... ici... au milieu de vos ennemis ?.. — Je suis sous la garde de
l'Éternel, et sous la vôtre, ô mon
père ! — Fils de Hugues, tu ne te
repentiras point de ta noble confiance : explique-moi ce fait, qui
passe toute croyance ; comment est-
il possible qu'un autre ait abusé de
ton nom ; de ton rang, et qu'ici, en
ces lieux, il soit désigné comme

l'héritier de la couronne de France?
explique-moi ces détails incompré-
hensibles.—Parlez, Raimond, dit le
prince; c'est la seule vengeance que
je veuille me permettre. Parlez. »

« Seigneur évêque, dit-il, vous
avez dû vous apercevoir que jamais
ma visière ne fut levée dans les as-
semblées où je me trouvais avec tous
les chefs de l'armée... Arnaud de
Flandre craignait que quelques-uns
ne connussent le fils du monarque
français... — Arnaud de Flandre,
dites-vous? il aurait trahi à ce point
ses amis, ses alliés! O dédale inouï
que les détours renfermés dans le
cœur humain! Arnaud..., continuez, continuez. — J'aimais Agnès;
il fut facile de diriger mes actions...
Pour lui plaire, je me serais préci-

pité dans un gouffre enflammé...
Aujourd'hui, où son père trompe
mon espérance... — Sans doute, il
te trompe, jeune insensé; la main
de cette Agnès est promise à Charles
de Lorraine. — Arrêtez, seigneur
évêque, dit Robert, arrêtez; je ne
puis croire à tant de bassesse. Arnaud peut avoir cherché à en imposer, mais il sait que sa fille ne peut
conclure un hymen; il sait que des
nœuds secrets unissent son sort au
mien...; lui-même en fut témoin...,
lui-même nous conduisit à l'autel...
— Seigneur, où s'égare votre esprit? J'ai peine à comprendre un tel
discours. — Eh bien! sage Ascelin,
voilà mon crime; voilà l'origine de
mes malheurs. Pour cette perfide
Agnès, j'ai encouru l'indignation de

mon père, celle de la France : j'en reçois le prix; je l'ai bien mérité. — Vous pouvez réclamer celle qui porte le nom de votre épouse...; vous pouvez forcer Arnaud à la remettre en vos bras. — La réclamer? Jamais! jamais! j'ai trop été victime de sa duplicité. Irai-je m'exposer à quelque affront nouveau? Quelle croyance donner à celui qui se joue de ce que les humains ont de plus sacré? Non, digne Ascelin, je ne réclamerai point Agnès de Flandre. Osera-t-il l'unir au compétiteur de mon père? — Il l'osera. — Et le Ciel laisserait accomplir un si grand sacrilége! Mais un motif plus important m'a conduit vers vous, seigneur : je venais savoir si ce peuple, vaincu par Charles, conserve encore

quelque souvenir du gouvernement
paternel de Hugues de France. Je
brûle de connaître si, avec quelques
troupes aguerries et quelques intelligences au-dedans, cette ville pourrait rentrer sous ses lois : le pensez-
vous, seigneur évêque ? — Puis-je
m'expliquer devant celui qui peut-
être vendra nos secrets, nos discours à ceux qu'il a déjà servis ?
Méfiez-vous, Robert de France, de
l'homme qui ne sait pas conserver
sa dignité ; il vous a trahi pour son
amour, demain il vous trahira par
sa faiblesse. Je ne puis m'expliquer
devant lui ; qu'il sorte. — J'obéis,
seigneur évêque. — Non, non, restez, Raimond. Ascelin, je lui ai fait
grâce ; Ascelin, j'ai pardonné. Je
pouvais imprimer sur son front, sur

lui, le sceau du déshonneur. Cette
épée pouvait percer sa langue men-
teresse; cette épée pouvait sur cette
figure parée encore des grâces de la
jeunesse, elle pouvait, dis-je, y
faire des cicatrices déshonorantes;
elle le pouvait : je ne l'ai point voulu, et ne le veux point encore...
Qu'il reste : il m'a conduit vers
vous; il a pris Dieu à témoin que sa
vie me serait consacrée à l'avenir :
je l'ai cru, et ne veux plus l'abreu-
ver d'amertumes ni de reproches.
J'ai suivi les mouvemens de mon
cœur : je l'avoue, ce cœur est rempli de compassion...; peut-être est-
ce faiblesse (1) : n'importe; je pré-

_____

(1) Jamais prince, dit Saint-Foix, ne
porta plus loin la compassion pour les

fère être trompé plutôt par un excès
de confiance que par un excès de mé-
fiance. Parlez, mon père, parlez;
Raimond ne nous trahira point; je
réponds de lui. — Prince trop magnanime, oh! non, jamais, jamais
je ne vous trahirai...; j'en atteste le
Ciel. — Ne jurez pas, promettez,
cela suffit aux âmes franches et pures. Seigneur évêque, j'en suis certain, je n'aurai pas à me repentir de
ma condescendance. »

---

malheureux : il leur permettait de le voler. Un d'eux ayant coupé la moitié d'une
frange d'or, voulait encore emporter l'autre. « Retirez-vous, lui dit le roi avec
« bonté; il doit vous suffire de ce que
« vous avez : ce qui reste pourra servir
« aux besoins de vos camarades. » (*Essais
historiques.*)

« Avant que je puisse entrer dans
les détails que nécessitent les importans objets sur lesquels vous deman-
dez à être éclairci, je pense, prince,
dit Ascelin, qu'il serait urgent d'aller au secours du roi votre père, qui,
dans ce moment, est aux prises avec
Guillaume d'Aquitaine. Allez vous
mettre à la tête de ses soldats ; que
votre présence ranime leur courage,
que votre défection a glacé ; qu'ils
vous revoient sous les drapeaux de
la patrie ; qu'ils admirent vos hauts
faits, votre valeur : allez chasser cet
insolent Guillaume ; allez, Dieu bé-
nira les travaux du fils qui combat
pour la gloire de sa famille, et pour
celle de son pays : allez où le danger vous appelle ; rougissez du repos
honteux où vous languissiez ; mon-

trez à la terre étonnée que le sang
de Hugues Capet doit triompher
de tous les obstacles ; montrez à
l'univers qu'il est digne du haut
rang où la Providence l'a placé :
allez. Après avoir remporté de nombreuses victoires , après vous être
lavé de la tache dont vous êtes couvert, revenez ; Ascelin vous fera
connaître s'il est votre ami et celui de l'illustre monarque que le
Ciel a donné au peuple français. »
Le prélat tendit la main au jeune
roi, qui, ployant le genou, y im-
prima avec respect ses lèvres généreuses et pures. Aussitôt il quitta
l'évêque.

Les traits du prince respiraient la
colère et l'indignation : il sort de
la ville, et va rejoindre Audibert.

« Ami, dit-il en l'apercevant, rien
ne peut égaler la fourberie du traître Arnaud : marchons vers son
camp, et que mes discours lui fas-
sent honte de son affreuse conduite... — Robert, vous allez exposer votre vie ; craignez tout de
lui... S'il allait attenter à votre liberté, à vos jours ?.. Je frémis. —
Rassure-toi, cher ami : mon épée
est encore suspendue à mon côté...;
ne crains rien. Oserait-il porter
son audace à ce point? ma voix le
démasquerait aux yeux de ses alliés ; non, il ne le fera point. » Il
piqua son coursier, et bientôt ils
découvrirent la tente du comte de
Flandre. Robert y entra seul ; Raimond et Audibert l'attendirent sur
le seuil.

« Feudataire de la couronne de
France, lui dit-il, je connais tous
vos lâches complots. Long-temps je
crus que, forcé par d'impérieuses
circonstances, vous vous trouviez
malgré vous au milieu de nos ennemis; mais tout est découvert, l'illusion est détruite, et je ne vois plus
en vous que le plus vil des hommes... — Osez-vous bien, jeune téméraire, m'insulter ici, au milieu de
mes guerriers? — Oui, je l'ose;
bien plus, je vous adjure de vous
justifier. D'où vient Agnès est-elle
promise au duc Charles? d'où vient
votre iniquité ose-t-elle ainsi souiller
les liens qui nous unissent? Les avez-
vous oubliés? ne les avez-vous pas
sanctifiés vous-même par votre bénédiction? — Prince, la dissimula-

tion ne m'est plus permise. J'en conviens: je fus fier d'unir mon sang à celui des ducs de France...; alors tout prospérait à Hugues, alors un diadême couvrait les cicatrices de son noble front... Depuis..., la fortune l'a trahi..., et je change comme elle... Charles, dans quelques jours, doit recevoir l'onction sainte...; et Charles, dans quelques jours, doit couronner ma fille... Croyez-en mon expérience; laissez Agnès au sort brillant que le destin lui a préparé... D'ailleurs, qui croirait votre assertion? et quel avantage retireriez-vous de semblables plaintes? vous deviendriez la fable et la risée du royaume... — Perfide! si je ne retenais l'élan de mon indignation, ton lâche sang laverait mon outrage... Agnès consent-elle à cette infamie?—Elle y consent.—Comte de Flandre, écoutez, et prenez acte de ma résolution : je jure devant Dieu, devant le Ciel qui punit le faussaire et le parjure, de ne regarder jamais votre fille comme mon épouse !.. Que ma main se dessèche, que ma langue s'attache à mon palais, avant que je lui adresse une parole, un sourire, et que ma main presse sa main ! Tous nos nœuds sont rompus. Que n'ai-je en ma puissance l'acte fatal où nos noms se trouvent réunis !.. — Le voici, fils de Hugues Capet, le voici.—Qu'il soit à jamais anéanti ! » Robert, avec un calme désespérant, rompit en deux le funeste parchemin, et ses doigts tremblans le suspendirent sur la flamme d'une lampe qui brûlait dans la tente d'Arnaud. Bientôt il n'en resta plus que les cendres éphémères : Robert souffla dessus en disant avec amertume : « Puisse le souvenir de l'ingrate s'évaporer aussi facilement de mon cœur et de ma mémoire, que cette cendre fugitive va se disperser dans les airs ! puisset-elle un jour gémir sur sa cruelle perfidie ! puissiez-vous tous deux éprouver le déplaisir mortel de voir mon père triompher de ses lâches ennemis, et de ceux qui l'abandonnèrent aux jours de son danger ! Comte de Flandre, tous les liens d'amitié, d'amour, d'attachement, sont rompus entre nous. — Je l'ai désiré, seigneur, et mon attente est remplie. Heureux tous deux, si nos

yeux ne se rencontrent jamais. —
Oui, Arnaud ; heureux vous-même
que je veuille bien me souvenir
qu'Agnès me fut chère !.. ce glaive
eût vengé mon affront. » Robert sortit ; il rejoignit ses amis, et tous
trois se mirent en route vers les
lieux où se trouvait l'armée de Hugues Capet (1). Ils arrivèrent peu de

---

(1) Peut-être critiquera-t-on l'épisode du
mariage secret de Robert de France avec
l'héritière de Flandre, et peut-être aura-
t-on raison. Mézerai et d'autres auteurs
assurent qu'il fut marié à Lutgarde, veuve
du comte de Flandre, avant qu'il épousât
Berthe : alors, j'ai pu essayer cet incident.
D'anciennes chroniques disent que Robert
fit la guerre à son auguste père ; Vely, Mézerai n'en parlent pas. J'ai cru, pour ne
pas décolorer mon personnage, créer des

jours après une bataille dont l'issue avait été funeste et déplorable pour la France.

---

faits à ma convenance. Si ma fiction peut plaire, j'aurai bien fait.

CHAPITRE VI.

En parcourant les bords de la Loire, aux environs de Poitiers, un spectacle douloureux, épouvantable, frappa les regards de Robert et de ses compagnons : les rives de ce fleuve étaient jonchées de mourans et de morts ; des soldats défaillans et couverts de blessures fuyaient avec effort vers leur camp détruit et dévasté. Le prince frémit, un pressentiment affreux le saisit : il interroge ces malheureux, et bientôt il apprit les désastres du roi son père, et les ruses dont s'était servi Guil-

laume d'Aquitaine pour ruiner l'armée de Hugues. Il avait intercepté
tous les passages, brûlé tous les vil-
lages, et s'était emparé de tous les
vivres: enfin, ces troupes, jusqu'a-
lors victorieuses, réduites aux dernières extrémités, avaient été for-
cées de fuir devant un sujet rebelle,
et qui avait osé lever l'étendard de
la révolte contre le monarque auquel il avait juré respect, foi et
obéissance.

Les yeux du prince se remplirent
de larmes douloureuses : se tour-
nant avec vivacité vers Raimond,
il allait lui adresser les plus cruels
reproches ; il se contint. « Non,
dit-il, non, je n'ajouterai pas à tes
chagrins; d'ailleurs, n'ai-je pas promis de me taire, de tout oublier, si

je le puis?.. O mon père! ô mon
noble père! quelle doit être votre
situation!.. Et vous m'accusez!...
Mais n'est-il aucun espoir de venger
tant d'affronts?.. Essayons...; rap-
pelons dans ces âmes abattues le
courage, inné dans le cœur du Français...; promettons la victoire, ils
oublieront leurs souffrances.... » Et
sur-le-champ il se rendit au milieu
des débris de l'armée de l'illustre
Capet. Le souverain s'était rendu en
toute hâte vers Paris, pour rassembler le reste des citoyens prêts à
mourir pour la patrie.

Hugues, avant de partir, avait
commandé que les troupes se rap-
prochassent du centre du royaume.
Pressés de toutes parts, et poursui-
vis par le victorieux duc d'Aqui-

taine, les soldats français venaient
de se réfugier sous les murs de l'abbaye de Bourgueil : là , des vivres
avaient ranimé leurs forces affai-
blies ; en les réparant, ils repre-
naient l'ardent désir d'exterminer
celui devant lequel ils avaient fui...
Robert conçoit et devine leur courroux, et se hâte d'en profiter.

Se couvrant des marques de sa
dignité, il s'avance au milieu d'eux.
« Amis, leur dit-il en découvrant
sa belle et noble figure, amis, c'est
moi, c'est Robert de France qui
vient mourir à votre tête, au milieu
des braves de l'armée de Hugues...
A ce nom de Robert, un murmure
peu flatteur s'élève de toutes parts ;
tous, d'une voix unanime, répondirent : « Nous ne suivrons point le

guerrier qui put abandonner les
siens au jour des combats ! nous ne
connaissons plus celui qui se dit
Robert de France ! qu'il s'éloigne ! »

« Votre colère est juste, reprit-
il ; mais de faux rapports vous ont
induits en erreur. Cependant, j'atteste ici et l'honneur et les guerriers
généreux qui m'écoutent, que je
suis innocent des crimes qui me furent imputés... ; je l'atteste, j'en
prends Dieu à témoin, et j'en dois
être cru... Quel est celui de vous
qui oserait douter des paroles d'un
fils de France ?.. Oui, j'ai quelques
fautes à me reprocher... ; je les dé-
teste : elles m'ont fait trahir mon devoir..., elles m'ont fait déchirer le
cœur paternel..., elles m'ont humilié aux yeux de mes concitoyens... ;

mais elles peuvent se réparer......
Hélas ! d'horribles bruits ont été répandus sur ma renommée ; Dieu le
sait, ils sont faux. Moi, lever mon
épée contre ma patrie ! moi, re-
cueillir une gloire qui ne serait point
la sienne ! moi, baigner mes cruelles
mains dans le sang des Français !
Si j'en étais capable, que la malédiction du Ciel tombe sur moi ! que
la France entière appelle l'anathême
sur mon front criminel ! que le vieil-
lard, l'enfant ne prononcent mon
nom qu'avec horreur ! Français,
soldats du roi mon père, je vous
l'ai dit : je n'ai point forfait à l'honneur ; cette épée, ce bras sont encore dignes de vous commander. »
Il se tut.

Un des chefs s'avança : « Prince,

tu le sais ; le Français croit rarement à la bassesse et à l'infamie : il est même disposé à te juger avec indulgence. Ton apparente franchise pourrait même lui en imposer, mais les faits s'élèvent contre toi... Ton nom, jusqu'alors irréprochable, fut proclamé à la tête de l'armée ennemie... — Ce n'est pas moi, je te l'ai dit. — Prouve-nous le contraire ; nous sommes prêts à te croire innocent : dis-nous l'exacte vérité. — Le sang ennemi lavera la honte imprimée sur mon front. Je ne puis vous dévoiler les forfaits dont je fus la victime... ; j'ai attesté l'Éternel, vous devez me croire. » Raimond, confus, humilié, voulant réhabiliter la gloire de Robert, se préparait à divulguer son affreuse conduite.

Le prince s'aperçut de son inten-
tion, il s'écrie : « Écuyer, si vous
me respectez, gardez le silence ; je
le veux. C'est le glaive à la main que
je les forcerai à me rendre leur estime : je veux entièrement la reconquérir. Alors, peut-être... ; mais
non, je n'abreuverai point votre
vie d'amertume et d'opprobre ; non,
jeune infortuné. »

L'armée était indécise. De tout
temps la multitude fut facile à se
laisser entraîner et séduire : la beauté, la jeunesse, un bouillant enthou-
siasme et le vrai courage la subju-
guent et excitent ses transports. Robert possédait ces brillans avantages,
Robert venait se placer au milieu
d'elle : sa voix éloquente et sonore
faisait vibrer tous les cœurs ; son

regard respirait la bravoure et la valeur : pouvait-il ne pas être écouté?
D'ailleurs, les troupes étaient ha-
bituées à respecter le sang d'une
race de héros; Robert en descen-
dait; Robert était déjà appelé au
rang suprême; il était roi : il avait le
droit de commander; mais, peu jaloux de ce haut privilége, il semblait ne voir dans les soldats français que ses braves compagnons d'armes. Telle était la position où se
trouvait le fils de Hugues.

L'indifférence des chefs retint l'é-
lan qui allait éclater; un morne silence succède à l'éclair d'enthou-
siasme qu'il avait inspiré : Robert
est peiné cruellement de ce changement soudain. « Amis, reprend-il
avec force, me croyez-vous indigne

de vous guider aux combats ? Eh
bien, j'y suivrai vos chefs ; guerrier, soldat, je partagerai vos fatigues, vos périls. Plus de royales dis-
tinctions, je ne suis plus que votre
égal. C'est à mon bras, à ma valeur à me faire remonter au rang
où vous m'avez placé ; mes travaux
vous feront connaître que j'en suis
toujours digne. Je suis jeune ; ce
corps, sortant de l'adolescence, n'a
point encore toute la force que la
nature doit lui départir...; mais
l'âme qui m'anime est douée de quelque énergie...; vous le verrez, braves amis. » Aussitôt, arrachant le
casque orné de la couronne ; se dé-
pouillant de la cotte de mailles, tis-
sue en fil d'or et d'acier ; couvrant
sa clamyde, parsemée de fleurs de

lis, par l'obscur vêtement d'un soldat français, Robert donne à tous
l'exemple de ce que peut un grand
cœur qui se croit outragé. Il remet à Audibert les marques de la
puissance souveraine, en s'écriant:
« Guerriers, soldats du roi mon
père, je ne les reprendrai que lorsque je les aurai gagnées sur nos lâches ennemis! » Et sur-le-champ il
se confondit au milieu des groupes
de l'armée.

Quelques jours se passèrent dans
les travaux et dans les exercices du
camp. Sortant de sa tente à l'aube
du jour, Robert suivait ses vaillans
compagnons se rendant où leurs devoirs les appelaient : il apprenait
avec eux à lancer la flèche vers le
but désigné, à manier la hache à

deux tranchans, à frapper sûrement
son adversaire du fer aigu d'un ja-
velot ; on lui indiquait toutes les
ruses d'un archer adroit : il sut bientôt se couvrir en tous sens sous l'é-
norme bouclier alors en usage. Ainsi
Robert s'exerçait aux fatigues : son
corps prit de nouvelles forces ; il
devint robuste, et montra aux troupes étonnées que celui qui devait
un jour les commander serait en
état de les conduire à la victoire, si
le Ciel envoyait le funeste fléau de
la guerre dévaster ses États.

La confiance, le respect reve-
naient insensiblement vers le jeune
prince. Sa conduite était si noble et
si exemplaire ! Quelques-uns com-
mençaient à douter qu'il eût été coupable ; cependant aucun n'osait en-

core lui donner des marques de déférence et de soumission.

Une nuit, lorsque toute l'armée
était ensevelie dans les douceurs du
repos, Robert, soit que son esprit
eût quelque pressentiment, soit qu'il
se livrât à quelques pénibles réflexions, Robert veillait. Couché
sur la terre dans la tente qu'il occupait, il crut entendre résonner le
bruit souterrain d'une multitude de
pas : un moment il crut que c'était
une erreur de son imagination trou-
blée; mais son oreille, appuyée sur
le sol, lui répéta les mêmes sons.
Il se lève vivement, écoute encore;
aussitôt il sort de sa tente, jette les
yeux autour de lui, vers l'immense
plaine où le camp est placé : la lune
éclairait en cet instant, il aperçoit

dans l'éloignement des armes écla-
tantes.

Plus de doute, l'ennemi s'avance,
et veut surprendre le Français en-
dormi ; il veut d'un même coup
anéantir et les projets et la puissance de Hugues Capet.

Robert ne se trompe pas ; un hen-
nissement frappe l'écho, qui le répète à son tour : le prince vole vers
les chefs de l'armée, et les arrache au
sommeil dont ils jouissent. « Marchons, dit-il, amis, marchons,
l'ennemi approche...; il vient...
Entendez-vous les sons des bou-
cliers ? les pas précipités du soldat,
qui d'avance jouit de votre perte ?
Les entendez-vous ?.. » Les chefs
prêtent l'oreille, et bientôt acquiè-
rent la certitude qu'ils ont été ou

trahis ou surpris! Ils sonnent du
cor, d'autres cors répondirent : à
l'instant, toute l'armée est debout;
elle est prête à combattre.

Le plus ancien guerrier, le connétable, s'avance vers le prince.
« Seigneur, dit-il, vous l'entendez,
nos capitaines soupçonnent que de
secrètes intelligences ont instruit
l'ennemi de nos positions : prince,
pardonnez; mais je vous ordonne
de sortir du camp... ; nous ne pou-
vons prendre devant vous aucune
mesure salutaire... Quittez-nous à
l'instant; il le faut, et vous le devez:
le salut de l'État l'ordonne. » Robert, indigné, porta brusquement
la main sur son épée : il se retint.
« Connétable, excusez, dit-il »; je
respecte le choix de mon père. Juste

Ciel! en quoi ai-je pu mériter un affront aussi sanglant? Ai-je voulu marcher à la tête des troupes? ai-je voulu le commandement? J'ai pris l'armure du soldat, j'ai suivi ses exercices, j'ai accepté sa nourriture, sa vie, toute son existence, enfin, et l'on m'outrage!.. L'ennemi est là, Français, vous allez me juger...; bientôt vous me rendrez justice. »

En cet instant, une foule de guerriers entoure le connétable. Un d'eux s'approche : « Seigneur, dit-il, des troupes nombreuses vont fondre sur nous; prenez de promptes mesures, ou tout est perdu. — Soldats de Hugues, dit le vieux chef, il nous a défendu le combat. Feignons la plus grande terreur; que l'ennemi ne retrouve en ce lieu que des tentes dé-

sertes. Éloignons-nous sans bruit.
Des messagers vont aller instruire le
roi de l'arrivée de Guillaume ; allons
nous joindre à notre maître. Le duc
d'Aquitaine va nous poursuivre ; il
sera perdu. Que tout le monde s'ap-
prête à faire une retraite sans bruit,
et dans le plus grand ordre. »

Robert, croisant les bras sur sa
poitrine, s'écrie : « Les Français
vont donc fuir avant d'avoir tenté
le destin des batailles ! ils vont fuir
avant de s'être mesurés avec l'ennemi ! ils vont fuir ! La postérité
pourra-t-elle le croire ? Eux, eux, si
braves ! fuir ! ô honte ! Connaissent-
ils ce mot, *fuir !* Et moi, fils de
France, je le souffrirais ! et moi, je
partagerais cette faiblesse, cette in-
concevable terreur ! — Prince, ne

vous ai-je pas dit que votre auguste
père avait défendu de combattre?
Il craint l'issue d'une bataille don-
née avant que de nouvelles troupes
soient prêtes pour soutenir l'effort
des braves qui sont ici...; prince,
n'exposez pas leur reste aux coups
d'un ennemi qui, fort de ses succès et de son nombre considérable,
ne se laissera pas facilement inti-
mider. Robert de France, obéissez;
votre père vous parle par ma voix.
— Mon père ne peut me commander une lâcheté... Je marche au-
devant du duc d'Aquitaine...; j'irai
seul..., oui, seul. Voudrais-je que
l'histoire, de sa plume de fer, gra-
vât mon nom en traits déshonorés?
non. Je l'ai dit; j'irai seul. » Il appelle son écuyer, et demande son

coursier. Les soldats sont étonnés ;
tant d'assurance exalte leur courage ; tous s'écrient spontanément :
*Aux armes ! aux armes ! mar-
chons ! marchons ! suivons Robert
de France ! marchons !* Le prince
saute légèrement à cheval , et joint
sa voix aux mille et mille voix ;
il répète : *Marchons ! marchons !*
Toute l'armée se met en mouvement ; Robert est à sa tête , et le
premier la devance au combat.

Tel un torrent fougueux, rom-
pant avec impétuosité les digues que
la nature ou la main de l'homme lui
avait opposées , se rit de ces faibles remparts. Dans sa course dé-
vastatrice , il renverse tout, entraîne
tout ; ses ravages sont effroyables.
Le laboureur, surpris, contemple

d'un regard stupide la ruine de ses
espérances ; il ne fait aucun effort
pour prévenir sa perte totale : son
âme est abattue, glacée, tout lui
manque à la fois : aucune plainte ne
lui échappe, un anéantissement to-
tal absorbe toutes ses facultés, et
détruit le courage et la patience avec
lesquels il attendait le résultat de
ses travaux. De même, les Aquitains, surpris par cette foule de
braves qui se précipite sur eux, ne
peuvent résister au choc qu'ils re-
çoivent inopinément : ils ne se défendent pas ; le premier rang est
soudain renversé sur la poussière.
En vain Guillaume étonné cherche à rallier ses troupes, elles ne
reconnaissent plus la voix de leur
chef ; elles se croyaient sûres de la

victoire, elles tombent sous le fer de ceux qu'elles méprisaient. Tel est le sort de la guerre et des combats : aujourd'hui, couvert de gloire, demain, écrasé sous le poids des revers. Déplorable manie des princes ! Les lauriers sont pour eux, la misère, la mort, pour le soldat qui leur prête l'appui de son bras, et qui leur donne sa vie ; sa vie, souvent chère à sa famille, et que celui pour lequel elle est sacrifiée n'honore pas même d'un regret, à l'instant où le glaive meurtrier en coupe la trame infortunée.

Cependant, Guillaume fait d'incroyables efforts pour ranimer l'ardeur de ses soldats : après de vives réprimandes, de douces promesses, il y parvint ; le crépuscule leur fit

voir le petit nombre de leurs ennemis. Honteux de cette fuite soudaine, honteux d'avoir cédé, ils se
rallient, et firent volte-face au moment où les Français s'y attendaient
le moins.

Ceux-ci ne se laissèrent point in-
timider; au contraire, ils préfèrent
cette résistance à la facilité qu'ils
avaient trouvée à écraser un ennemi
surpris, et qui ne se défendait point.
Ces guerriers généreux ont toujours
dédaigné une gloire qu'ils n'auraient
pas achetée par de nombreux périls.
Les a t-on vus jamais égorger l'ennemi suppliant à leurs pieds ? Ils le
relèvent ; le combat fini , ils ne
voient en lui qu'un ami, qu'un ca-
marade, un frère. Aimable et va-
leureuse nation, toi seule sais faire

chérir, aimer le sol que tu habites
par ceux que tu as vaincus !

Robert est partout, Robert voit
le danger, Robert se multiplie, bien
que ce fût la première fois qu'il
commande une armée. Les mesures
qu'il prend étonnent les vieux chefs.
« Bien, bien, mon jeune maître,
s'écrie le connétable ; je ne ferais
pas mieux. Enfans, dit-il en s'adressant aux troupes : enfans, suivez les
ordres de Robert de France ; votre
obéissance et votre exactitude à les
remplir nous donneront la victoire. »
Il dit, et suit immédiatement le fils
de Hugues.

Qui pourrait retracer les nombreux exploits de cette nuit mémorable? qui pourrait retracer les
hauts faits de ces deux vaillantes

armées? Les Aquitains sont aussi
Français, quoiqu'ils suivent une
autre bannière; ils sont Français,
et se montrent dignes de se mesurer
avec les troupes royales. Doivent-
ils, peuvent-ils scruter la conduite
de leur seigneur? Il commande, ils
marchent à la guerre. N'est-ce pas
sur cette terre chérie que depuis le
plus aimé, le plus adoré, le plus
respecté des descendans de Hugues
reçut la naissance? Noble et magnanime Henri, lorsque tes premiers
pas foulaient le sol de ton pays,
lorsque ton peuple bénissait ton
heureuse enfance, pensait-il, ce
peuple, que ses ancêtres avaient
disputé long-temps la puissance et
le pouvoir suprême à celui dont tu
devais hériter un jour, à celui qui

fonda la plus illustre des monarchies?
Combien il eût blâmé tant d'ingratitude et tant d'imprévoyance!

Mais ces cris de mort, de détresse, de souffrance, déchirent le
cœur du jeune prince : lui, qui depuis tant de mois n'eut que des pen-
sers d'amour et de plaisir; lui, qui
aimait avec tant d'abandon et de candeur. Hélas! il fut trompé; qu'importe? son âme en est-elle moins
ouverte à la tendresse et à la compassion?

Le jour vint; le soleil éclaire de
toute sa splendeur cette scène de
carnage et d'horreur. Robert baisse
son regard épouvanté vers la terre.
O douleur, ô regrets, ô déplorable
vue! les chevaux marchent dans le
sang, leurs pieds en sont baignés;

les soldats eux-mêmes sont glacés
d'effroi; les coursiers hennissent, et
reculent à l'aspect de ce fleuve en-
sanglanté.

Robert gémit. «Ainsi, pensait-il,
ces malheureux, couchés sur la poussière, sont tombés victimes d'intérêts qui leur étaient étrangers! ils
meurent, et c'est pour nous! Oh!
si un jour Dieu nous demandait
compte de leur existence! Infortunés!» Et le fils de France laissa tomber quelques larmes sur ces corps
inanimés. «Non, s'écrie-t-il, non,
ils ne doivent plus être responsables
des fautes de leurs maîtres; c'est à
moi, à moi à venger mon outrage!»
Plein de ce noble projet, il s'avance
au travers des deux armées, et de
son épée étincelante d'or et d'acier,

indique qu'il vient faire une demande.

Tout s'arrête ; les glaives sont sus-
pendus ; on admire ce jeune homme
approchant sans crainte d'ennemis
furieux. Tout se tait : cette plaine,
où peu d'instans auparavant on n'entendait que des cris, des blasphê-
mes ; des gémissemens ; est calme,
tranquille ; tout est dans l'attente de
l'évènement que cette présence inat-
tendue va faire éclore.

« Duc d'Aquitaine, dit-il, je t'appelle au combat ; je ne puis souffrir
plus long-temps que ces malheureux paient une dette que le rang
suprême et notre honneur devraient
imposer à nous seulement : à nous,
princes, monarques et souverains.
Regarde, Guillaume, que de sang,

que d'infortunés! et c'est pour nous qu'ils ont péri ; c'est pour nous, pour agrandir notre pouvoir ! Guillaume, combattons seul à seul ; vidons notre querelle ; et laissons respirer ceux qui ne nous ont point offensés. Qu'ils vivent ! Si l'un de nous deux succombe, eh bien, il n'aura pas à rendre compte au tribunal suprême du sang de ceux qu'il devait protéger... Viens, Guillaume, viens ; il me tarde de me mesurer avec toi (1). »

---

(1) Ce langage ne doit pas surprendre de la part de Robert. Son règne fut de quarante-cinq ans ; et pendant ce laps de temps, son caractère doux et pacifique chercha à concilier tous les partis qui divisaient les grands feudataires. Il eut peu

Le duc regarde avec fierté celui qui se présente avec une telle assurance. « Jeune téméraire! répond-il, la vie des princes ne peut être soumise au caprice du premier qui voudrait l'attaquer. Sais-tu combien d'intérêts y sont attachés? D'ailleurs, il n'est pas permis à celui qui est revêtu de la puissance souveraine de s'exposer avec un individu obscur et sans renommée. Retire-toi; je veux bien pardonner au courage qui fut ton guide : retire-toi. »

— « Guillaume d'Aquitaine, je suis digne de la tâche que je me suis imposée. Crois-moi, un nom illustre

---

de guerres à soutenir; mais la famine dépeupla cette contrée que le glaive avait épargnée.

ne donne pas toujours la valeur ;
mais le fils de Hugues, roi de
France, sait qu'il est de son devoir
d'épargner le sang des siens. Je suis
prêt, défends-toi ; ne me force pas
à douter de ta vaillance, et surtout
de ton humanité. Viens ; que ma
jeunesse ne soit pas un obstacle au
combat que je requiers en cet instant. — Robert de France, je plains
ton noble père ; Guillaume est heureux dans toutes ses entreprises. —
Dieu et l'honneur de ma maison donneront de la force à mon bras ! rien
ne peut me faire reculer, la mort
fût-elle là devant mes yeux. —Viens,
Robert, viens ; je le sais, le sang de
Hugues-le-Grand n'a jamais failli.
Viens, te dis je. »

Aussitôt ils se précipitèrent l'un

sur l'autre. Robert n'a point l'habi-
tude de Guillaume, qui déjà s'est
trouvé à cent combats singuliers ;
mais que ne peut le désir de s'im-
mortaliser, et celui de rendre la paix
à sa patrie ! Robert est vif, léger ;
son adversaire, habile en cette science, le laisse s'épuiser en inutiles efforts : ferme sur le dos de son superbe coursier, il ressemble au ro-
cher sur lequel un vent impétueux
se déchaîne, et dont toute la furie
peut à peine détacher quelques faibles débris. Le prince sent ses forces
diminuer : il s'arrête, rappelle son
courage ; mais Guillaume, saisis-
sant adroitement cet instant, s'é-
lance vivement, le saisit au milieu
du corps, se précipite avec cette
glorieuse charge à bas de son che-

val, et renverse sur le sable le jeune
et malheureux Robert. « Tu es vaincu ! s'écrie-t-il. — Non, non, pas
encore. » Alors il emploie la ruse
pour se dégager : de son gantelet de
fer il retient l'épée qui va lui arra-
cher la vie, et fait de nombreux
efforts pour reprendre l'équilibre.
Guillaume est plus robuste, Guillaume a sur lui l'avantage de l'âge,
de l'expérience; c'en est fait, le fils
de Hugues va expier dans une longue captivité le désir généreux dont
il était animé.

Au moment où le duc lui disait :
Rends ton épée, jeune Robert,
rends-la à ton vainqueur : un trait
vole, il siffle, il vient percer le bras
qui peut-être allait se souiller d'un
meurtre. La douleur fait pousser un

cri aigu au duc d'Aquitaine ; ses
fibres se détendent, sa force s'évanouit. Robert n'éprouve plus de résistance, Robert se relève. « Guillaume, dit-il, je ne puis me préva-
loir d'un cruel accident ; nous nous
reverrons un jour. — Tu fus vaincu ;
rends ton épée. — Non, Guillaume,
non ; je ne l'aurais quittée qu'en recevant la mort. Que tout soit sus-
pendu jusqu'à la guérison de ta bles-
sure. — Jamais, jamais ; le terme
de ma vengeance serait trop éloi-
gné. Soldats d'Aquitaine, défendez
votre duc ! » Aussitôt mille et mille
traits sont lancés ; ils obscurcissent
les airs. « Traître ! s'écrie Robert,
retourne avec les tiens ; moi, je vais
à la tête de mes Français. Dieu, je
l'espère, prendra notre défense ; sa

balance se dirigera du côté de la justice. Vassal rebelle, tu seras puni ! — Le nombre et la valeur de mes troupes l'emporteront. — Le Ciel ne protége point le parjure. — Le Ciel se range du côté du plus fort et du plus vaillant; celui-là est juste qui sait triompher. » Et les deux chefs se rangèrent auprès de leurs armées respectives.

Les Français étaient furieux contre le duc : ils avaient observé tous ses mouvemens, toutes ses ruses ; ils crurent qu'il ne s'était pas battu loyalement : à peine s'ils veulent attendre le signal de l'attaque : il est donné.

En quelques minutes, le combat a recommencé. Les compagnons du fils de France ne calculent pas leur

petit nombre; ils ont l'affront de
leur prince à venger. De l'autre côté,
les Aquitains veulent obtenir la victoire. Ils l'espèrent : leur maître
n'allait-il pas triompher sans la flèche lancée par une main criminelle?
Mais le destin accomplira-t-il et
leurs vœux et leurs souhaits?

D'après les ordres de Robert, les
sergens d'armes de l'armée de Hugues tournèrent adroitement un petit bois qui favorisait les manœuvres
des troupes de Guillaume. Leur
marche fut rapide et silencieuse; ils
arrivèrent à l'instant où le prince
commandait à ses Français de se
précipiter sans crainte sur les ennemis. Surpris par ce choc inattendu,
les Aquitains perdirent de leur in-
trépidité, et se replièrent sur le bois

protecteur. O fatale surprise! des
flèches meurtrières les frappent à
l'improviste. Effrayés, désespérés,
ils s'arrêtent, et vont prendre la
fuite, quand Guillaume revint les
encourager, et les exhorter à ne pas
commettre une si grande lâcheté. Il
cherche à les convaincre de l'imprudence du jeune prince. Il les flatte,
les caresse; il leur rappelle combien
leur nombre surpasse le nombre de
leurs adversaires. Aussitôt ils re-
viennent à sa voix, et combattent
avec une nouvelle ardeur. Celle des
Français augmente par la résistance
qui leur est opposée. Bien que de
toutes parts l'armée de Guillaume
cherche à les envelopper, ils ne re-
doutent rien. Leur audace s'accroît
encore; ils font des prodiges de va-

leur. Secondés par l'habile manœuvre que les sergens d'armes ont exécutée, ils se croient certains de la victoire; et malgré les monceaux de mourans et de morts dont ils sont entourés, et que leurs rangs s'éclaircissent, ils ne cèdent pas une ligne de terrain.

Le carnage que font les hommes d'armes est affreux. Les Aquitains ne peuvent plus surmonter l'effroi qui se glisse dans leurs cœurs. Ils se défendent encore; mais la pâleur de leur front annonce la crainte dont ils sont pénétrés. Les Français les voyant faiblir, les pressent, les harcellent; loin que cette multitude les effraie, ils la bénissent, ils aiment à braver la foule des dangers et des obstacles. Depuis n'ont-ils pas montré à l'univers étonné que le nombre des combattans ne les épouvantait point. Ils savent mourir, mais ils ne savent pas reculer devant l'ennemi.

Guillaume fait des prodiges de valeur; il voit d'un coup d'œil toute l'étendue du péril qui menace son armée. Intrépide, il se place seul au-devant des guerriers qui vont fondre sur les siens. « Fuyez, mes enfans, dit-il, fuyez! c'est à votre maître à périr pour vous sauver! fuyez, je l'ordonne. Ce n'est pas une honte de céder à la mauvaise fortune. Fuyez! mais en vous ralliant. » Il se précipite vers les sergens d'armes, certain que tous les coups vont se diriger sur lui.

Robert a vu cet élan de magnanimité : sa grande âme serait indi-

gnée d'obtenir une telle victoire. Piquant de l'éperon son généreux coursier, il vole vers le duc, et d'une
voix sonore commande de remettre
le glaive dans le fourreau. « Guillaume! s'écrie-t-il, arrêtez! arrêtez! » Hélas! il est trop tard... Plusieurs traits avaient été lancés : deux
atteignirent son cheval, il tombe...
Un seul ayant été dirigé sur le duc,
avait traversé sa cuisse, et sa bles-
sure était profonde. Les sergens,
dans la chaleur de l'action, fondi-
rent tout à coup sur le duc d'Aquitaine, et plusieurs s'apprêtaient à
terminer d'un seul coup cette guerre
malheureuse, quand le jeune roi,
enlevant le blessé dans ses bras,
par ce noble mouvement imposa
aux soldats le devoir de respecter

un ennemi vaincu. Il lance sur eux un regard de courroux, et leur fait signe de s'éloigner. Tous obéirent en murmurant : une proie sanglante leur échappait.

Les souffrances de Guillaume étaient cruelles. Robert le soutient, et le conduit à l'abbaye de Bourgueil. Là, les soins les plus empressés lui furent prodigués. Tous les secours lui sont offerts. Quelques moines pieux se trouvaient encore dans cette sainte demeure, et la touchante occupation de panser les blessés remplaçait les prières et les exercices sacrés. Dieu sans doute trouvait aussi agréable cet encens, qui avait pour base d'être utile à l'humanité, que celui qui prenait sa source dans des pratiques supersti-

tieuses, et souvent inutiles au bien-
être de ceux qu'ils appelaient leurs
frères.

Quand on eut mis le premier ap-
pareil sur ses blessures, le jeune
roi s'approcha : « Duc, lui dit-il, je
ne profiterai pas du funeste avantage que la fortune me donne sur
vous; vous être libre. D'ailleurs,
puis-je oublier que moi-même je fus
au moment d'être vaincu... Je l'é-
tais, si le Ciel ne m'eût secouru...
Vous êtes libre, et une escorte va
vous remettre au milieu de votre armée... — Mon armée, grand Dieu!
elle n'existe plus... Non, prince,
non, généreux fils de Hugues, je ne
puis la rallier. Ah! je vous en conjure, faites cesser le massacre de
mes malheureux sujets... L'Éternel

n'a point voulu que l'injustice triom-
phât; il ne l'a pas voulu... Je re-
connais sa puissante main aux désastres qui accablent un sujet révol-
té... Dieu accorde sa divine protec-
tion à votre auguste père... Robert,
aussitôt que je pourrai me mettre
en marche, j'irai à ses pieds jurer
foi, hommage et soumission. Je le
dois à votre magnanimité, à vos
vertus. Mais j'ose vous supplier d'é-
pargner le reste de ceux qui se sont
dévoués pour moi... — Guillaume,
vous serez satisfait. » Il sonne du
cor, les chefs entrèrent. « Généreux
soutiens de la couronne, dit-il, j'accorde une trève à Guillaume d'A-
quitaine. Que le combat soit ter-
miné à l'instant, et que les soldats
du roi de France ne voyent dans

ceux du duc que des amis, que des
compagnons : je le désire et le commande. — Prince, vous allez être
obéi. » Telle fut la réponse du connétable. Les troupes furent rappe-
lées ; les épées rentrèrent dans le
fourreau ; les vaincus respirèrent,
et les deux camps se disposèrent,
après tant de fatigues et d'alarmes,
à goûter les douceurs du repos.

CHAPITRE VII.

HUGUES CAPET était loin de prévoir d'aussi heureux évènemens : di-
verses circonstances s'étaient réunies pour augmenter ses craintes;
plusieurs des feudataires du royaume refusèrent de lui envoyer leurs
vassaux; quelques-uns même le me-
nacèrent de se réunir à Charles de
Lorraine. Dans cette perplexité, il
ne perdit point courage, et fit un
appel général à la nation : tous les
hommes en état de porter les armes
se présentèrent. Hugues en ressentit un mouvement de joie et d'or-

gueil : cette prompte obéissance lui
faisait connaître que son peuple le
chérissait, et qu'il pouvait compter
sur lui en toute occasion importante. Ce prince reçut alors une
nouvelle preuve que jamais les Français n'abandonnent leurs monarques
à l'instant du danger; et lorsque
l'ennemi vient attaquer la patrie,
ils sont toujours prêts à la défendre
contre l'agression.

Tout s'armait; Paris n'était plus
qu'un vaste camp; tous les jours
Capet parcourait les rangs de ces
généreux citoyens; tous les jours la
plaine de Mars, et celle non moins
étendue de Saint-Denis, voyaient
faire les apprêts de la plus vigoureuse résistance. Tous les cœurs
étaient animés du désir de venger

et la France et le roi ; les femmes même encourageaient leurs époux à voler au combat.

On n'attendait plus que le signal du départ. Le monarque en grande pompe se rendit à l'abbaye royale de Saint-Denis, pour y chercher l'oriflamme, à laquelle se trouvaient attachés les destins de la France. L'abbé la confia au magnanime Hugues. Après avoir entendu le saint sacrifice de la messe, on donna l'ordre de se mettre en route. On devait traverser la capitale, le roi ne voulant point priver les braves pères de famille du bonheur d'embrasser et leurs femmes et leurs enfans, peut-être, hélas ! pour la dernière fois.

Deux heures avaient été accordées pour ces touchans adieux. Hugues fit sans doute une faute ; il fallait ne pas laisser faiblir ces cœurs, qu'un zèle ardent entraînait ; il fallait saisir leur bonne volonté, et ne pas les exposer à regretter ceux qu'ils abandonnaient ; il fallait les soustraire aux larmes, aux prières de leurs familles désolées. Hugues suivit le noble mouvement d'une belle âme : il eut lieu de s'en repentir.

Les trompettes sonnaient l'ordre de se rassembler pour partir ; les citoyens de Paris ne quittaient qu'avec peine leurs foyers, et surtout leurs enfans en pleurs ; ils marchaient cependant, les chefs les précédaient, quand un nouvel incident arrêta et suspendit la marche de cette nouvelle armée.

Plusieurs religieux montés, sur
des mules excédées de fatigue, et
précédant la litière où se trouvait
leur seigneur abbé, parurent vers la
porte du midi ; les soldats de garde
les interrogent ; leur réponse glace
tous les cœurs : « Enfans, s'écrie
l'abbé, tout est perdu ! nous sommes chassés de la maison du Très-
Haut ; le parjure Guillaume s'avance
vers Paris, déjà il s'est emparé de
Poitiers et de toutes les villes de ce
côté de la Loire, et l'abbaye de
Bourgueil sert de refuge à ces in-
dignes mécréans. Hélas ! hélas ! les
troupes de Hugues de France sont
anéanties et dispersées. » Ces paroles portèrent l'épouvante et l'horreur dans toutes les âmes. Les citoyens n'obéissent plus à la voix qui

les commande; ils suivent en frémissant le cortége des religieux; il
traverse la ville, et guidé par leur
abbé, se rend au palais habité par
Hugues Capet (1).

Le monarque était déjà revêtu de
son armure, et donnait les derniers
ordres à ses serviteurs. En entrant
dans les cours, le ministre de l'Eternel mit pied à terre; et se faisant
précéder du signe de la rédemp-

---

(1) Les rois de la première et de la se-
conde race habitaient un palais situé où se
trouve à présent le Palais-de-Justice : on y
voit encore un grand nombre des arcades
gothiques qui le composaient ; la salle des
Pas-Perdus est bâtie sur elles. Nul doute
que les cachots de la Conciergerie ne soient
construits dans les anciens appartemens.

tion, il marcha vers la place où le roi se trouvait alors.

Hugues le reconnut sur-le-champ. Cette brusque arrivée lui fit pressentir quelque malheur ; s'avançant aussitôt, il dit : « Seigneur abbé, soyez le bien-venu dans le palais de votre souverain ; mais quel motif si pressant vous a fait quitter l'ombre du sanctuaire ? Parlez, en quoi Hugues de France peut-il vous être utile ? — Je viens lui demander un asile pour moi et pour mes frères. — Expliquez-vous, seigneur abbé ? — Guillaume accourt à grands pas vers cette antique capitale..., Guillaume est maître de tout le pays au-delà et en-deçà de la Loire... Monseigneur Hugues, j'ai cru devoir me réfugier auprès du souverain que j'avais choisi. »

Le monarque ressentit un mouvement d'effroi en apprenant cette
affreuse nouvelle ; sa grande âme
en est abattue ; sa pensée, vive comme l'éclair, se porta sur ce fils qu'il
avait associé à la suprême puissance.
Ingrat Robert ! pensa-t-il, puissé-je
ne pas vivre jusqu'au jour où tes
droits à la couronne seront anéan-
tis ! O Dieu ! murmura-t-il, ce n'é-
tait que pour lui que je souhaitais
et le trône et la couronne royale !
Présentant aussitôt la main au digne
abbé, il ajouta : « Je vous remercie, sage Artur, de m'avoir donné
la préférence ; entrez dans le palais
de vos rois : Hugues Capet se trouve
heureux de pouvoir exercer l'hospitalité envers vous ; entrez. » Il conduisit l'humble serviteur du Christ,

et le remit aux soins de ses officiers.

Montant à cheval, il vole en toute
hâte à la plaine de Mars : en parcourant la capitale, il voit la consternation répandue sur tous les vi-
sages; plus de cris de joie à son approche, plus d'acclamations, tout
se tait, un deuil général règne dans
tous les cœurs; on dirait que la
mort vient de frapper de sa cruelle
faux les nombreux habitans de cette
vaste cité.

Ceux qui naguère se disposaient
gaîment à marcher à l'ennemi, maintenant sont assis sur la terre, pâles,
tristes, abattus; rien n'annonce dans
cette enceinte immense une armée
prête à partir; tout est tranquille;
aucun bruit, aucun mouvement, aucun préparatif ne décèlent l'envie

de se défendre et le bouillant désir de combattre pour sauver la patrie.

Hugues sait qu'un peuple est aisément vaincu lorsqu'il perd son énergie; il connaît le caractère du Français; il sait qu'en lui parlant et de gloire et d'honneur, on rappelle aisément dans son âme le sentiment de sa propre dignité, et celui non moins généreux de ce qu'il doit à son pays et à la cause de ses rois.

« Amis! citoyens! s'écrie le monarque d'une voix éclatante, un nouveau malheur vient de fondre sur nous; cependant devons-nous nous laisser égorger sans donner aucun signe et de courage et de valeur? pourrait-on vous reconnaître à cette pusillanimité? N'êtes-vous plus la

même nation qui tant de fois força
l'ennemi à se retirer honteusement
de son territoire? N'avez-vous rien
à défendre? vos femmes, vos enfans
ne vous seraient-ils plus chers? De
quel droit Guillaume ose-t-il blâmer votre choix? de quel droit ose-
t-il violer vos foyers, sous le vain
prétexte de venger le sang de Charlemagne? Ne fûtes-vous pas libres de
rejeter celui qui vous avait aban-
donnés? Je veux bien pourtant, si
mon élévation au trône peut vous
entraîner dans de nouveaux malheurs; je veux bien, dis-je, consentir à quitter le rang suprême auquel
vous m'avez appelé. Je n'aspire qu'à
l'honneur de vous commander; je
n'aspire qu'à l'honneur de délivrer
la France d'un infidèle feudataire;

je ne souffrirai pas qu'il vous dicte
des lois ; mais avant de prendre une
aussi importante détermination, dé-
fendez-vous : moi-même je serai le
premier à combattre et à vous guider dans cette mémorable entreprise. Français ! amis ! citoyens !
tant qu'un souffle de vie animera ce
cœur, tant qu'une goutte de sang
coulera dans mes veines, je ne souffrirai pas qu'un insolent vassal se
rende maître de Paris : il n'entrera
dans nos murs qu'après avoir foulé
aux pieds de ses chevaux les débris
de mon corps déchiré ! Imitez-moi,
il sera repoussé : telle est la résolution de Hugues Capet, de Capet, à
qui vous donnâtes toute votre confiance, en lui accordant le droit de
disposer de vos biens, de vos exis-

tences, et auquel vous avez voué jusqu'à ce jour un attachement sans bornes. Il croit le mériter. Amis! citoyens! c'est ici, c'est au sein même de la capitale que nous devons rassembler tous nos moyens de résistance : attendons sans crainte Guillaume d'Aquitaine; attendons-le; il tremblera en nous voyant prêts à le recevoir. Français! c'est Hugues, c'est votre chef qui vous conjure de ne pas lui laisser une victoire facile. Défendons-nous, Dieu nous protégera! »

Ce noble langage émeut toutes les âmes; tous s'écrièrent : « Nous nous défendrons! nous nous défendrons! Magnanime Hugues, nous vivrons et nous mourrons avec toi! Excuse quelques momens de fai-

blesse; excuse-la. » Et spontanément tous les citoyens firent entendre ces mots doux à l'oreille et au
cœur d'un monarque : *Vive Hugues
Capet et son auguste famille!*

Cette multitude, qui, peu d'instans auparavant, était plongée dans
la consternation, et n'envisageait
que misères et que désastres; qui,
abattue, refusait de se mesurer avec
l'ennemi qui osait la menacer; cette
multitude reprit aussitôt son énergie et son courage. Rien ne l'inti-
mide; elle se dispose avec ardeur à
faire la plus vigoureuse défense, et
se met en devoir de travailler sans
relâche aux préparatifs qui peuvent assurer le salut de la capitale et celui de sa nombreuse po-
pulation. Le monarque ne laisse

pas refroidir ce généreux élan. Les
ordres sont donnés, et tous les
bras sont occupés à creuser des fos-
sés, à couper des arbres, à conduire des pièces de bois auprès des
portes de la ville; d'autres ramas-
sent des pierres et les élèvent en
monceaux; d'autres aiguisent de
longues lances; plusieurs essaient
des cottes de mailles; la plus grande
partie enfonce dans la terre les pieux
si funestes à la cavalerie. De nombreuses provisions sont amoncelées.
Chacun renaît à l'espérance. Les
ministres du Seigneur prient sans
cesse au pied des autels. Leurs paroles onctueuses versent un baume
consolateur dans toutes les âmes.
Tout vit, tout s'agite : on se flatte
d'anéantir le cruel vassal qui se rend

coupable de désobéissance et de ré-
bellion.

Deux jours s'écoulèrent dans ces
immenses préparatifs. Le monarque
avait disposé ses troupes en divers
échelons, qui devaient se replier en
bon ordre aussitôt qu'on apercevrait
l'ennemi. Un double fossé rempli
d'eau environnait Paris; plusieurs
rangées de chevaux de frise en dé-
fendaient l'approche aux hommes
d'armes. Hugues parcourut tous les
travaux qui avaient été faits, et té-
moigna à son généreux peuple combien il en était satisfait. Par ses ordres, des vivres et des boissons for-
tifiantes furent distribués, et la
veille d'un combat semblait être la
veille d'une réjouissance générale.

Le jour suivant, à l'heure où les

citoyens étaient encore à la prière,
où Hugues Capet s'adressait au souverain dispensateur des biens et des
maux d'ici-bas; à cette heure où tout
était tranquille, tout à coup le service divin fut troublé par un tumulte
affreux. Le prêtre cesse de réciter le
saint Evangile; il écoute ainsi que
ses pieux auditeurs. Le bruit augmente : on croit distinguer des cris
de détresse. Hugues se lève de son
prie-Dieu; il prête une oreille atten-
tive, et entend avec surprise et douleur le nom fatal de Guillaume d'A-
quitaine.

« Serviteur d'un Dieu de toute
bonté, priez pour nous, je vous en
supplie, dit-il; moi, je vais défendre mes sujets : j'y cours ! » Il re-
prend son casque rembruni, sort de

la chapelle de son palais, et se rend
en toute hâte vers la place où le
peuple se trouvait rassemblé.

« Sauve-nous! sauve-nous, Hugues de France! s'écrient mille et
mille voix; sauve-nous!... Guillaume vient... son armée approche,
tout est détruit!... tes soldats sont
massacrés!... Hugues, sauve-nous!
s'il le faut cède la couronne..., mais
sauve-nous!... — Je vis encore,
amis, et n'ai pas combattu... Dieu
est là; il ne permettra pas le triomphe d'un rebelle... Reprenez courage; n'est-il pas plus grand de
mourir en défendant ses foyers, ses
temples, les autels de son Dieu,
que de se laisser subjuguer par une
fausse terreur?... Il vient...; tant
mieux; j'en bénis le Ciel, il vient

chercher la mort... Amis, c'est ici
l'instant des épreuves... Marchons,
c'est Hugues de France qui doit
vous précéder. » Il dit, et tout le
peuple le suit sans murmurer.

Cette alarme soudaine avait été
causée par les soldats placés aux
postes qui se trouvaient sur la route
par laquelle arrivait le duc. Ils ac-
coururent avec précipitation vers
Paris; même les chefs assurèrent
avoir vu une armée formidable s'a-
vancer vers la capitale; ils avaient
entendu, disaient-ils, le nom de
Guillaume d'Aquitaine répété par
les vainqueurs; ils avaient aperçu
la bannière des lis immédiatement
portée à la suite de celle d'Aquitaine; ils ne doutaient pas que sous
peu d'heures cette armée ne vînt

cerner l'antique cité où fut fondé le berceau de l'empire des lis.

A cette triste nouvelle, le monarque ordonna que les portes fussent fermées immédiatement ; les gardes furent doublées ; on plaça les sentinelles aux endroits où elles étaient à couvert de la flèche et du trait meurtrier de l'arbalète ; tout le monde fut à son poste ; on redoubla de vigilance, et l'on se mit en devoir de recevoir convenablement un ennemi qui osait venir chercher une proie jusqu'au sein de ses foyers domestiques.

Tout à coup les sentinelles placées sur les murailles les firent retentir du cri sinistre : *Aux armes ! aux armes ! voilà l'ennemi !* Tout s'agite, les citoyens se rangent en

bataille, et se préparent à défendre
leurs vies, leurs familles et leurs
biens.

Un héraut d'armes vêtu aux couleurs et aux armes de France se présente à la porte du midi ; on lui en
refuse l'entrée. « Je précède, dit-
il, Guillaume d'Aquitaine. — Le
roi a commandé de ne laisser entrer
en nos murs qui que ce fût. — Guillaume vient, dit-il, faire quelques
propositions à notre maître. — Je
vais l'en prévenir, » répondit le chef
chargé de veiller sur cette porte. Il
se rendit à la tente du monarque.

Hugues Capet, instruit de ce message, ordonna que le duc d'Aquitaine serait introduit dans Paris, accompagné seulement de quelques-
uns de ses officiers. On reporta cette

réponse, et bientôt Guillaume parut, suivi de plusieurs seigneurs
français et aquitains.

On le conduisit à l'illustre chef
des Français. Le duc, en s'approchant, ôta sa toque et tira son épée
du fourreau; s'agenouillant devant
le souverain, il dit à haute voix :
« Hugues, je viens te rendre foi et
hommage; je viens te reconnaître
pour mon seigneur suzerain (1).

---

(1) En ce temps-là, les esprits des Français étaient encore éloignés de la chicane
et de la procédure : ils faisaient leurs actes
fort courts, et n'y employaient pas, comme
on fait aujourd'hui, cette ennuyeuse ver-
bosité et cette quantité de clauses qui s'em-
barrassent les unes les autres; mais ils exé-
cutaient leurs contrats par des symboles
et représentations. Ainsi, les seigneurs in-

Pardonne à ma révolte ; mais je dois
t'avouer que la conduite que je tiens
en cet instant m'est inspirée par la
vertu du plus généreux des mortels
et des princes. Je pouvais être son
prisonnier... ; il me rendit la li-

---

vestissaient leurs vassaux selon la qualité
de leurs fiefs, en leur mettant en main une
bannière, ou un cercle sur la tête. Le mé-
tropolitain mettait aux évêques qu'il sa-
crait, un anneau au doigt, et un bâton pas-
toral à la main. On présentait à un curé le
texte des Évangiles ; à un officier d'église ou
laïc, la marque de son emploi ; pour une
terre, une glèbe ; pour un pré, un jonc ;
pour un jardin, une rose, un bouquet ;
pour un bois, un rameau ; pour une maison, des clefs ; et ainsi plusieurs autres
choses qui étaient les marques de mise en
possession, selon les différentes coutumes

berté...; tant de magnanimité a touché mon âme... J'ai senti qu'il était doux de vivre sous les lois de ton auguste famille; je fus coupable: pardonne, Hugues, à celui qui fut ton allié par le sang... — J'oublie

---

des pays, et selon les fantaisies des particuliers. La lecture de ces actes se faisait publiquement à l'église, particulièrement un jour de fête, pour plus grande solennité : on y appelait plusieurs témoins, les uns pour attester qu'ils avaient vu ou écrire la charte, ou la porter sur l'autel; les autres pour certifier qu'ils y avaient mis les cordons ou lacets, les seings ou croix, et les sceaux; quelques-uns pour en répondre à l'avenir, et en être les garans, en cas qu'il y eût *chalange* ou éviction de la chose vendue ou cédée. (Mézeraï, *Histoire de France.*)

tout, duc Guillaume : désormais
soyons amis jusques au tombeau. —
Noble Capet, j'étais doublement criminel : ne suis-je pas uni par les
liens de la parenté à ce jeune et vaillant Robert de France (1) ? — Ne le
nommez pas devant moi...; il a mérité l'animadversion de son père :
ô malheureux le jour où mes bras
le reçurent pour la première fois !
— Seigneur, si jamais un père doit
être orgueilleux de son fils, ce doit
être Hugues de France. — Ignorez-
vous ses fautes ? — Il peut en avoir
commises, mais elles sont bien réparées. — Comment ? ne porte-t-il
pas les armes contre sa patrie, con-

(1) Guillaume, duc d'Aquitaine, était
oncle maternel de Robert. (Mézerai.)

tre son roi, contre son père?—Lui
seul m'a vaincu..., lui seul a détruit
mon armée, lui seul eut des droits
sur ma vie, sur ma liberté...; et
plus magnanime qu'on ne doit l'attendre de son âge, il me rendit à mes
soldats : ce noble trait m'a subju-
gué à jamais; cette noble action a
désarmé ma haine... Me voici; je te
l'ai dit, je viens te reconnaître pour
mon seigneur suzerain. — Serait-il
vrai? mon fils serait digne encore
de la France, de ses aïeux, de moi!
ô bonheur, ô douce joie! ô paroles
délicieuses à l'oreille paternelle! ô
mon Robert, ô mon fils bien-aimé!
Guillaume, répétez-moi ce qu'il a
fait; ce cœur depuis long-temps gé-
missait sur les erreurs où il avait été
entraîné.... Elles sont réparées... ô

mon Dieu! reçois-en mes actions de
grâces! » Et l'heureux Hugues, les
mains et les yeux levés vers le ciel,
lui adressait de ferventes prières.
Guillaume s'empressa de recom-
mencer son récit.

Le monarque attendit quelques
jours un message de son fils : il
n'en vint point. Cette prétendue indifférence le blessa profondément.
« Ingrat, disait-il, tu ne peux igno-
rer combien ta présence et ta soumission me seraient chères ; peut-
être espères-tu que le premier je
presserai ton retour : n'y compte
pas! »

Malgré cette sage résolution, que
de fois, dans le silence des nuits, il
se taxait de sévérité! que de fois il
se détermina à envoyer près de son

Robert un serviteur de confiance
pour l'engager à revenir ! « Il m'a
trop offensé, disait ce bon père, il
n'ose pas se présenter devant moi ;
insensé, reviens, reviens, mes bras
te seront toujours ouverts ! » Après
de nombreux combats, honteux de
sa faiblesse, Hugues la surmonta.
Il se promit d'attendre une soumission respectueuse de son fils ; mais
ce sacrifice lui coûta beaucoup.

Robert ne s'était pas jugé digne
de paraître encore devant un père
si justement irrité ; il voulut joindre
à ses premiers travaux, ceux plus
importans de la reddition de Laon.
Ascelin lui avait promis de la faire
rentrer sous l'obéissance de Hugues ; plein de confiance en la parole de ce prélat, il attendait impa-

tiemment ce résultat important pour
se présenter aux genoux de son père.
Le Ciel ne l'avait pas encore ordonné.

Le jeune monarque pouvait se
croire protégé par le Tout-Puissant,
depuis que son heureuse étoile avait
soumis les troupes de Guillaume ;
et depuis que ce prince, étonné de
sa générosité, n'avait point voulu
rejoindre ses armées, mises en dé-
route par les soldats qu'il avait com-
mandés, rien ne lui paraissait im-
possible ; il croyait que tous les obstacles allaient être aplanis. Hélas !
son erreur était celle de son inexpérience et de son imagination remplie de franchise et de candeur.

Cependant, de quelle joie n'a-
vait-il pas été pénétré quand Guil-

laume ; deux jours après sa défaite,
lui avait dit ces paroles : « Beau neveu , je vais me rendre près du roi
votre père ; je vais à ses pieds reconnaître mon crime ; je vais, noble
fils de France , lui jurer une éternelle fidélité. Cher Robert, tes vertus , ta magnanimité m'ont fait rougir de ma déloyauté. Je pars. » Aussitôt il monta son coursier.

Mais ses espérances ne devaient
pas si tôt se réaliser : Ascelin voyait
chaque jour s'éloigner l'instant propice de faire rentrer la ville de Laon
sous les lois du légitime monarque.
Arnould venait de lever l'étendard
de la révolte ; Arnould, que Hugues
avait fait nommer archevêque de
Reims, voyant les succès obtenus
par le frère de son père, par Char-

les, son oncle, oublia la noble conduite de ce prince à son égard; il
se ligua contre lui, et ouvrit les
portes de la cité de Reims, à Roger,
comte de Château-Porcien, ami et
capitaine de Charles. Ascelin vit
alors tous ses projets arrêtés.

Mais adroit, fin, délié, et affec-
tant près de Charles une sincérité
farouche, ce prélat en imposait au
duc de Lorraine; sa sévérité aug-
mentait l'aveuglement et l'amitié de
ce prince; se laissant entraîner aux
plaisirs, à la mollesse, il recevait
sans courroux les conseils austères
d'Ascelin. Celui-ci gouvernait au
nom de Charles, qui, fatigué du
poids des affaires, aimait à déposer
ce fardeau dans les bras de l'homme
qui s'en chargeait avec plaisir et sans

murmure. Ascelin remit à un autre
temps la réussite de ses entreprises.
Il expédia au jeune Robert un officier qui possédait toute sa confiance.
Il avait de secrètes instructions; il
les communiqua au fils de Hugues
aussi secrètement qu'il les avait re-
çues. Ce contre-temps affligea Robert; il retardait l'instant où il serait pressé sur le sein paternel, et
celui de faire rentrer dans l'obéissance des sujets révoltés; il éloi-
gnait celui de le débarrasser d'un
compétiteur dangereux à la couronne.

Il rassembla donc toutes les troupes de son roi; les félicitant sur le
courage qu'elles avaient déployé, il
les remercia de la bonne opinion
qu'elles avaient eue de lui : « Géné-

reux Français, leur dit-il, restez
toujours fidèles au poste de l'honneur; je vous quitte pour quelques
mois. Si quelque danger vous me-
naçait, vous me verriez aussitôt au
milieu de vous, vous n'en doutez
pas; je vais chercher un nouvel allié, je vais réunir de nouvelles forces : après, le Ciel guidera nos pas.
Adieu, mes braves amis, adieu, mes
chers compagnons d'armes; n'oubliez jamais Robert de France! » Il
les salua avec grâce et aménité, et
remit au connétable le commandement qu'il lui avait confié. Les guerriers firent retentir le camp de son
nom, et le saluèrent du beau nom
de *brave des braves*, et de celui de
père des soldats. Il partit empor-
tant les regrets de l'armée.

Suivi de son sage écuyer et de Raimond, qui dans ces journées sanglantes avait bien racheté ses coupables erreurs, le prince prit la route du comté de Champagne : il voulait déterminer Eudes à joindre ses troupes à celles qui venaient de se couvrir de gloire ; il voulait enfin le décider à rompre une neutralité offensante pour la couronne de France. Comme il aimait à caresser l'idée que ses soins pourraient être agréables à son auguste père ! Eudes était de sa noble famille : il était temps que son indifférence pour la cause sacrée pour laquelle il combattait, cessât enfin.

Eudes, bien qu'il fût en âge de tenir les rênes de ses Etats, par respect et par déférence pour la com-

tesse Renée sa mère, voulait bien
partager avec elle le suprême pouvoir. Robert de France, en se présentant à sa cour, y fut accueilli avec
amitié et bienveillance ; il chercha
à captiver ses illustres parens ; il y
parvint.

Il ne leur cacha aucune de ses
fautes ; il avoua son mariage secret
avec Agnès de Flandre ; sa fuite du
palais de son auguste père : les ruses
criminelles dont il fut la victime, et
son indignation lorsqu'il en acquit
l'affreuse certitude ; la duplicité du
comte Arnaud, et comment il rompit sans retour les liens qui l'unissaient à sa fille. Il avoua tout, et
cette généreuse sincérité acheva ce
que sa présence avait commencé.

La comtesse lui représenta com-

bien une telle conduite, avait dû
irriter et chagriner et son père et
son roi ; elle lui fit le détail des rapports qu'on avait répandus sur sa
personne : sa défection de l'armée
royale, son apparition à celle du
duc de Lorraine, et la douleur et la
honte dont ses amis avaient été ac-
cablés en apprenant et sa chute et
son déshonneur. Robert se justifia,
toutefois en cachant la part que
Raimond avait pu prendre à cette
triste et déplorable affaire.

« Aussi, belle cousine, ajouta le
prince, je ne veux m'offrir aux genoux paternels que lorsque cette
honte sera effacée. Mon nom a servi
d'étendard au crime ; qu'il devienne
désormais le point de ralliement de
la loyauté et de l'honneur. Un jour,

et j'ose l'espérer, si Dieu m'aide
dans mes travaux, un jour le monarque de France regrettera d'avoir
donné créance à ces apparences
odieuses. Voyez, voyez enfin, belle
cousine, si vous voulez coopérer au
rétablissement de ma gloire. » La
comtesse de Champagne lui tendit
la main en disant : « Jeune et beau
cousin, j'y contribuerai de tout mon
pouvoir. Sous peu de jours nos
hommes d'armes seront prêts à vous
suivre ; et si je puis, je me rendrai
à la cour de Hugues, et lui ra-
conterai vos généreuses actions et
le noble aveu que vous nous avez
fait de vos erreurs et de vos fautes.
Il est père, il vous aime, il doit
vous pardonner, quelle que soit son
indignation contre vous. »

Robert s'informa, au comte Eudes, où résidait la jeune Berthe, sa cousine; il rappela les mots qui lui étaient échappés lors de leur première entrevue : *la pauvre enfant ne sera jamais belle.* « S'en souvient-elle encore, beau cousin ? a-t-elle oublié mon impolitesse ? — Je ne sais, car jamais votre nom ne s'échappe de ses lèvres. — Allons, je vois que je serai obligé de m'humilier et de reconnaître mes torts. Beau cousin, ne pourrai-je la voir, et faire ma paix avec elle ? — Cher Robert, dit Eudes en souriant, vous êtes un suppliant à craindre. Votre jeunesse, votre bonne mine peuvent être contre moi de formidables concurrens. — Ah ! beau cousin, j'ai gâté tout cela. L'orgueil

de sa jeune âme fut offensé. Trève
de plaisanterie, ne pourrai-je la
voir, et lui présenter mon hommage respectueux ? — Cela ne se
peut. Ma mère a jugé convenable
de la confier à l'abbesse de Sainte-
Batilde de Troyes : cette commu-
nauté a des règles très-sévères, aucun homme n'est admis dans son
enceinte : moi-même, beau cousin,
j'en suis exclu. Berthe doit rester
dans ce monastère jusqu'à l'âge de
quinze ans, et plus de trois ans doivent encore s'écouler avant qu'elle
ne rentre dans mon palais. Ma mère
prétend que cette absence de toute
société doit lui faire oublier la différence d'âge qui se trouve entre
nous. Je le souhaite. J'attends ce
moment sans impatience. — Eh

bien, mon noble cousin, je requiers de vous la faveur de nommer
votre premier né. Alors je verrai
Berthe, et solliciterai mon pardon.
— Va pour le premier né; touchez
là, beau cousin : ce sera vous. —
Oui, Eudes, oui, Robert de France
s'estimera heureux de resserrer les
liens d'amitié et de parenté qui
existent entre nos deux maisons.
Va pour le premier né. » Ils se ser-
rèrent la main, et cette affaire fut
conclue.

Arnould s'était rendu à Laon,
près de son oncle, pour lui prêter
serment comme roi de France ; mais
quand il vit le désordre de sa cour ;
quand il connut le nombre des
vexations dont il accablait le peuple
qui s'était donné à lui, il regretta

sans doute la trahison et l'ingratitude
dont il était coupable. Il fit quelques
représentations sur le luxe ruineux
en usage parmi ceux de sa suite ; il
plaida pour cette cité, qui la première lui avait donné un asile ; il
mit devant les yeux de Charles l'imprudence qu'il y avait à exaspérer
les esprits dans un moment où le
duc de France venait de soumettre
le comte d'Aquitaine. Charles promit tout ; mais rien ne changea,
bien qu'il en eût donné l'assurance.

Ascelin fomentait en secret le mé-
contentement ; ses agens se réunis-
saient aux partisans de Hugues ; par
ses soins, on semait des nouvelles
alarmantes ; lui-même approuvait
toutes les actions de celui qu'il dé-
testait ; et par cette conduite peu

digne de son caractère sacré, il entraînait dans l'abîme ce Charles, qui
ne prévoyait pas la chute dont il
était menacé.

Cependant, dans des circonstances aussi graves, Hugues Capet ne
s'était pas laissé abattre par l'abandon
d'Arnould et par les conséquences
funestes qui pouvaient en résulter
pour sa cause. Faisant convoquer les
évêques de la partie du royaume qui
lui était restée fidèle, il fit exposer
à cette illustre assemblée les griefs
qui s'élevaient contre ce prélat. On
l'accusa d'avoir faussé ses sermens
et sa foi; en conséquence, il fut dé-
claré parjure, et jugé indigne d'occuper le siége épiscopal. On dési-
gna pour lui succéder, Gerbert,
qui avait été précepteur du jeune

roi Robert, et qui était un des hommes les plus savans du royaume (1).

Arnaud de Flandre crut l'instant favorable pour réclamer la promesse de Charles, au sujet de l'hymen projeté entre lui et sa fille. Charles éluda, il demanda du temps; il objecta le peu de stabilité de sa puissance, l'incertitude de son avenir : ces délais firent connaître au comte de Flandre que cette union n'était

---

(1) Gerbert, moine de Saint-Benoît, passa en Espagne, où il vit tout ce qu'il y avait de plus doctes maîtres parmi les Maures. Il fut précepteur d'Othon III, et du roi Robert : il devint si savant pour ce temps-là, particulièrement dans les mathématiques, qu'il donna lieu aux ignorans de croire qu'il était magicien, et d'en faire d'horribles contes. (Mézerai.)

I. 12

plus le premier objet de ses désirs. Aussitôt il forma le projet de quitter un prince qui se jouait des engagemens les plus sacrés.

Il se rendit près d'Ascelin. « Seigneur évêque, dit-il, je croyais avoir rendu quelques services à ce Charles dont nous voulions faire un roi... Qu'aurait-il dit si nous eussions manqué à nos promesses et à nos sermens? Cependant il viole les siens, il éloigne le jour où l'héritière de Flandre devait recevoir sa foi...; il hésite, et paraît ne plus désirer former cette alliance... — Je le crois, répondit Ascelin. — Auriez-vous quelque connaissance des affronts qu'il me réserve? Parlez, parlez, seigneur. — Je ne le puis; je trahirais la confiance dont il m'ho-

nore. — Et qu'importe? il m'a trompé, il vous trompera de même. —
Peut-être. — Enfin, seigneur, puis-
je me flatter qu'un jour Charles for-
mera ces liens? — J'en doute; d'autres projets plus vastes, plus grands,
plus favorables à sa puissance l'occupent maintenant. Comte, si vous
voulez suivre le conseil d'un ami,
vous n'insisterez plus sur ce point;
vous n'en retireriez que la honte
d'un refus. — La honte..., un refus..., à moi, comte de Flandre! à
moi, l'égal des rois de France! »
Ici, Ascelin laissa échapper un sourire en disant : « Seigneur, j'en ai
trop dit; profitez de mon indiscré-
tion. — Oui, seigneur, oui, j'en
vais profiter. Dans une heure, Charles connaîtra s'il devait m'offenser.

Adieu, seigneur évêque, adieu. »
Il regagna son camp, et donna l'ordre du départ. Bientôt ses troupes reprirent la route de ses États.

Ascelin crut le moment favorable, et dépêcha un courrier au jeune Robert ; il jugea que les alliés de Charles, en voyant la défection du puissant comte de Flandre, hésiteraient à combattre contre celui qui avait été reconnu souverain par toute la France, et ses émissaires semaient partout de nouvelles défiances. Charles, toujours aveuglé, et se fiant sur la justice du droit qu'il croyait avoir à la couronne, Charles vit d'un œil indifférent le départ du comte Arnaud.

La lettre d'Ascelin au fils de Hugues portait ces paroles de l'Écri-

ture sainte : *Le Seigneur a exaucé
ma prière ; il a reçu favorable-
ment ma requéte. Que tous nos
ennemis rougissent, et qu'ils soient
saisis d'une extréme frayeur! Ils
prendront soudainement la fuite,
et seront couverts de confusion.
Louez Dieu avec des transports
de joie, il a dit : J'exterminerai
ses adversaires devant ses yeux,
et j'affermirai sa race pour jamais* (1).

Le messager pressa le prince de
hâter son arrivée sous les murs de
Laon, et lui remit les instructions
qui lui avaient été confiées. Robert
les communiqua au comte de Champagne, qui donna au confident d'As-

---

(1) Psaumes de David.

celin l'assurance qu'ils allaient se
mettre en marche sous peu de jours.
Le serviteur du prélat retourna vers
son maître, après être convenu du
lieu où il retrouverait les princes.

La nuit venait d'étendre ses voi-
les sur l'univers, quand les troupes
d'Eudes quittèrent la ville de Châ-
lons; l'obscurité favorisait leur marche précipitée; aucun bruit ne la
troublait, aucune rencontre fâcheuse
n'y apportait d'obstacle. Lorsque le
jour parut, l'armée avait déjà fran-
chi une distance considérable; le
comte ordonna de prendre du repos
et quelque nourriture. Alors Robert
et lui, et leurs fidèles écuyers, se rendirent au lieu désigné pour le rendez-
vous. L'envoyé d'Ascelin s'y trouvait déjà.

« Messeigneurs, dit-il, tout est
préparé : la sécurité de votre ennemi est parfaite; cette nuit, vers la
douzième heure, trouvez-vous sous
les murailles de la ville, les portes
vous en seront ouvertes; et Charles,
occupé de plaisirs et de prières, sera
livré en vos mains (1). — Quoi! s'é-
cria Robert, sans combattre, et par
trahison!... Je ne le puis. — Ascelin ne peut vous servir autrement,
monseigneur. — Moi! je m'empare-
rais de la personne d'un prince au
moment où il se trouve au pied
de l'autel! je commettrais un aussi
grand sacrilége! jamais! Que des
moyens plus nobles me soient offerts, je pourrai en faire usage;

---

(1) C'était la nuit du jeudi-saint 991.

mais la trahison ! elle est indigne de
moi, de ma famille... » Eudes con-
templait avec orgueil l'indignation
répandue sur cette belle figure : cependant il arrêta cet élan d'une âme
généreuse, par ces mots : « Sans
doute, beau cousin, il serait plus
digne de nous, de notre gloire, de
livrer une bataille à notre ennemi ;
mais a-t-il choisi des moyens bien
légitimes pour s'emparer de cette
même cité ? Est-ce à vous, aveugle
instrument de la Providence, à vous
révolter contre les actions d'un de
ses ministres ? Le Ciel vous présente
l'occasion de venger la puissance
de votre père : imitez-le. Non, Robert, non, vous ne pouvez reculer.
Voudriez-vous, par une fausse délicatesse, éterniser une guerre impie ?

voudriez-vous vous joindre aux ennemis de Hugues? — Comment? —
Ne serait-ce pas vous y joindre, que
de refuser de surprendre celui qui
usurpe un pouvoir, un nom auquel
il avait renoncé? Ne délibérons plus.
Ascelin nous appelle, marchons.
Profitons de ses secours efficaces;
songez, seigneur, songez au sort
que Charles de Lorraine réservait à
votre auguste père; après, hésitez,
si vous l'osez. — Eh bien, je cède;
je remplirai le devoir funeste qui
m'est imposé. Marchons, marchons,
ne retardons plus ce triomphe fatal. »

Audibert fut dépêché aux capitaines du comte de Champagne,
pour qu'ils fissent avancer l'armée
sans le moindre retard. Elle se mit

en route vers la fin du jour, afin de soutenir par sa présence les partisans de Hugues Capet.

Le soleil venait de terminer son cours, de légères vapeurs remplaçaient ses feux brillans; les pieux habitans de la cité menacée se précipitaient dans les temples du Seigneur, pour y prier et pour l'invoquer : tous adoraient le signe sacré de la rédemption, tous baisaient humblement la terre. Hélas! cette action ne rappelle-t-elle pas au chrétien ces paroles de l'Evangile : *Terre, tu retourneras à la terre?*

La douzième heure venait de sonner, quand un fanal de bois résineux fut aperçu par les princes. «Voici le signal, comte Eudes, approchons. » Les deux guerriers pri-

rent une escorte de leurs plus braves
soldats, et s'acheminèrent vers les
remparts. Un vent impétueux s'éle-
vait alors : il déroba le bruit de leur
marche aux sentinelles chargées de
veiller à la sûreté publique. Tout
semblait d'accord avec eux : la nuit,
la prière, le choc des élémens furieux, tout conspirait contre l'infortuné Charles. Les princes approchè-
rent des portes de la ville, ils se
glissèrent furtivement le long des
murailles ; un signal fut répété trois
fois : à ce signal le son d'un cor répondit ; aussitôt les chaînes pesantes
du pont-levis s'abaissèrent. Un évêque et quelques gardes parurent :
c'était Ascelin. Robert et Eudes entrèrent aussitôt, leurs soldats les
suivirent. Ascelin les conduisit im-

médiatement à son palais, pour attendre le moment propice de s'emparer de la personne du dernier rejeton du sang de Charlemagne.

FIN DU PREMIER VOLUME.

en perdant de vue qu'avant tout il est homme; qui sacrifie aux travaux de l'esprit ses veilles, le temps de ses repas et de ses délassemens, et qui semble ne vouloir plus exister que par la pensée! Victime de sa vertu, les mêmes symptômes finissent tôt ou tard par l'assimiler aux victimes du libertinage; il dépérit, il n'appartient plus à la vie; il se voit tristement frustré dans ses plus chères espérances, car son esprit se ressent bientôt de l'anéantissement de son corps; son génie s'éteint, son imagination se flétrit. Ainsi, en courant après la gloire, l'insensé a tout perdu, la gloire et la santé. Bossel, declare...

gler sur les da...
que régime qu...

Leur deme...
ture légère...
de l'humidité...
éviter tous le...
articulations,...
trop pincés.
dépasser une...
deux heures,...
instrumens à...

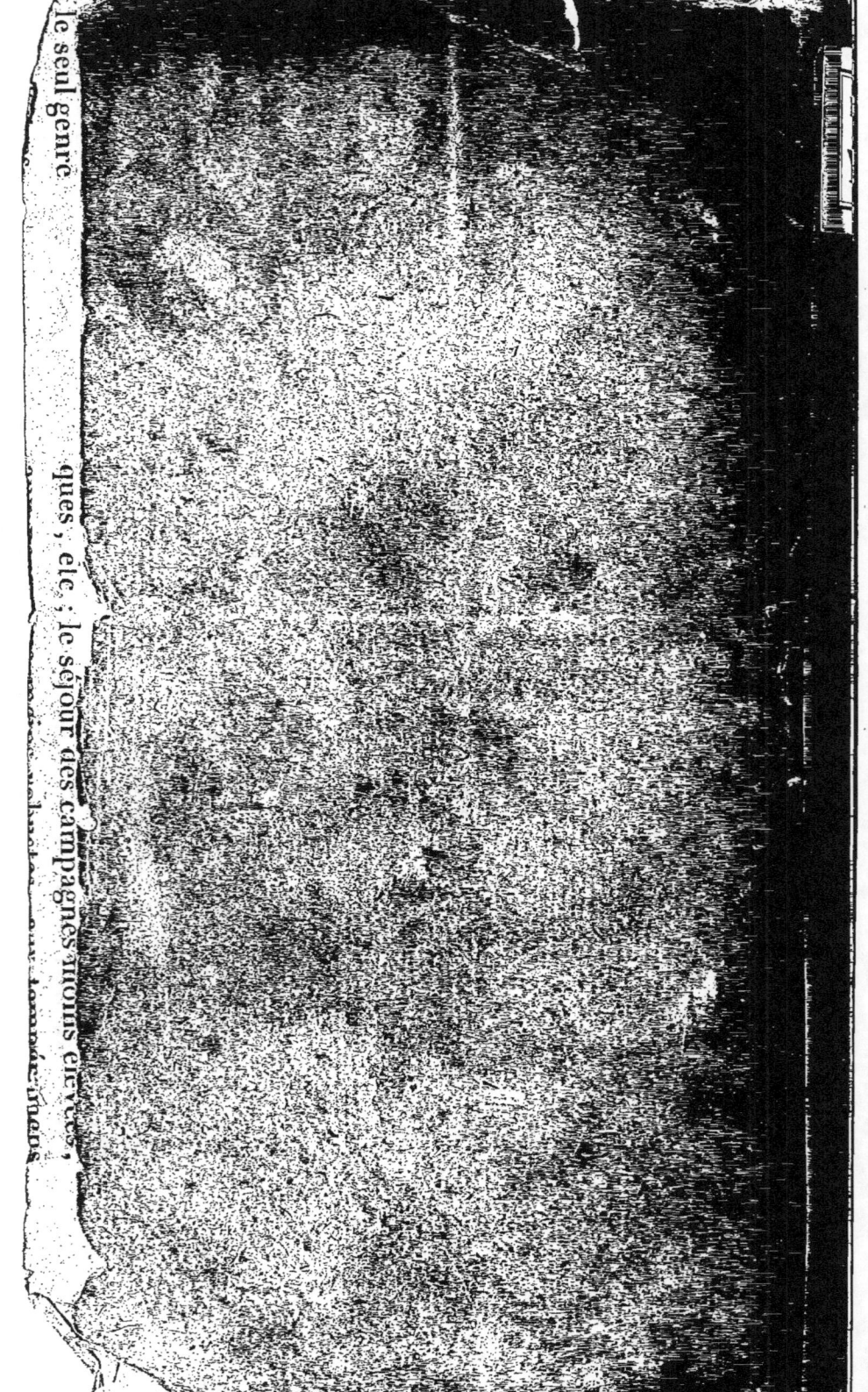

t le seul genre,

ques, etc ; le séjour des campagnes nous élevés ;

www.ingramcontent.com/pod-product-compliance
Lightning Source LLC
Chambersburg PA
CBHW071812020726
47502CB00004B/1084